하인리히 뵐 단편선

하얀 개

하인리히 뵐 단편선

Heinrich Böll

Der blasse Hund
Hund
하얀 개

하인리히 뵐 지음 안인길 옮김

차례

불타는 가슴 7

도망자 43

파리의 포로 65

하얀 개 93

베르코보 다리 이야기 121

실락원 139

독일 기적의 일화 179

아메리카 183

죽은 사람은 복종하지 않는다 189

랑데부 193

에자우 가의 사람들 205

역자의 말 211

하인리히 뵐의 인생과 작품들 220

불타는 가슴

하인리히 페르코닝은 열 여섯 살이었다. 그때 그는 처음으로 죽으면 좋겠다는 생각을 했다. 회색빛 12월의 어느날 고향인 대도시에서 산책하다가 한 노신사가 젊고 뻔뻔한 창녀를 따라 어느 집으로 들어가는 것을 보았다. 느닷없이 끝없는 큰 고통이 밀려오더니 죽고 싶은 생각에 휩싸이게 되었다. 가눌 길 없는 괴로움이 그가 살아가는 날마다 점점 커갔다. 그는 나쁘고 험한 일을 수많이 보아왔다. 그의 영혼을 즐겁게 하는 일은 너무 적었다. 그리하여 그는 죽기로 결심했다. 하지만 아무에게도 말하지 않고 근 일 년 동안 이 모든 것을 안고 갔다. 그의 고뇌를 아무도 몰랐다. 믿음이 가는 사람에게 한두 번 말할 뻔한 적도 있었다. 그러나 금세 드러날 경솔

함 때문에 그만두고 마음을 닫아버렸다.

다시금 12월의 어느 날 그는 큰 강 언덕을 따라 산책했다. 자살하자, 강하게 인생과 작별하자, 이 생각만 했다. 그는 천천히 강으로 이어지는 돌층계를 내려갔다. 몸을 떨며 가장 아래 층계에서 멈췄다. 강물이 조용히 물결치며 다정하게 돌에 부딪쳤다. 그는 미리 모든 걸 곰곰이 생각했다. 바늘로 헐렁하게 걸친 외투와 안의 옷을 단단하게 꿰맬 생각이었다. 그러면 두 팔을 뻗어 수영할 수 없을 것이다. 그리고 몸을 떨면서 그의 죽음과 그가 죽은 방법을 알고 난 후 고통받을 사람 모두를 다시 한번 생각했다. 어머니, 아버지, 형제자매 그리고 그를 사랑한다고 생각하는 몇몇 친구와 어린 소녀를 떠올렸다. 그들 모두가 말없이 천천히 그의 뇌리를 지나갔다. 거의 알 수 없는 사랑과 그리움의 파도가 그의 내면에서 높이 솟았다. 그러나 이런 파도가 그의 마음을 돌리지는 못했다. 그는 이 감정에 대항하여 꽤 자주 투쟁했다. 그는 머리속에서 고뇌하는 사제의 얼굴을 보았다. 그가 나지막하게 말했다.

"사람의 아들은 너무도 외로워서 머리를 둘 곳이 없었다. 가난하고 버림받은 이들 중에 그가 있었다. 결정의 시간이 되자 제자들도 그를 떠났다. 오직 성령의 힘으로 그들을 강하게 하시어 하나님을 위해 무서운 고통과 고뇌를 받게 하였다. 그래도 사람의 아들은 모두를 사랑했다. 그가 창조한 세계가 험하고 추악하다는 걸 잘 알고 있었다. 그러나 방황하는 인류를 온전히 사랑했다. 그는 인류와 너를 위해 생명을 바쳤다. 네가 늘 말하는 것처럼 그를 믿는다면 그를 따르고, 나쁜 사람, 헤매는 사람 그리고 수많은 고뇌하는 사람 모두를 사랑하여라."

하인리히는 심하게 떨면서 크게 신음소리를 냈다. 더 이상 참을 수 없다고. 그러나 그의 내면에서 지금껏 들어보지 못했던 한 목소리가 힘차게 솟아올랐다. 신의 자비와 사랑은 도처에서 불어온다는 말을 믿어라! 하인리히는 몸을 돌려 층계를 올라왔다. 그는 아치형 다리 아래 넓은 가로수 길을 지나갔다. 다른 길 옆의 관목과 작은 나무들 사이, 화려한 칠을 한 나무 정자가 있었고 그 안에 카페가 하나 있었다. 이상한 카페였다. 하인리히는 호주머니에 손을 깊이 넣어 돈을 셌다. 그리고 길을 건너갔다. 불결한 가게 안으로 들어가 인사도 건네지 않고 벽쪽 구석에 앉았다. 조그만 댄스홀 주변에 움푹 들어간 곳이었다. 커피를 주문하자 남루한 차림의 노파가 가져다주었다. 카페 벽은 빨간색으로 그린 여성의 나체 그림으로 장식되어 있었다. 두세 군데 중년의 난봉꾼과 젊은 사람들은 창녀와 함께 앉아 있었다.

대략 열 일곱 살 된 창녀차림의 예쁜 소녀가 그에게 와

앉았다. 피곤하다는 듯 방어하는 그의 손동작을 보고 소녀는 유별난 미소를 지었다. 하인리히는 언제나 가지고 다니는 신약성서를 주머니에서 꺼내어 읽기 시작했다. 그는 이 젊은 여자의 기이한 눈에 흥분하여 몸을 떨었다. 성경에 집중하려고 했지만 눈을 들어 자신을 줄기차게 응시하며 미소 짓는 눈을 볼 수밖에 없었다. 그녀는 팔꿈치를 테이블에 고이고 턱을 손으로 받쳤다. 그녀의 풍성하고 부드러운 갈색 머리카락은 탐스러웠다. 얼굴은 매력적이고 똑똑해 보였으며 순진한 두 눈은 아름답고 맑았다. 하인리히는 그녀를 처음에는 의심쩍게 지켜보았다. 그러나 그녀를 보면 볼수록 더 놀라게 되었다. 그는 그녀의 검은색 큰 눈동자가 어린아이처럼 순결하고 슬프다는 것을 느꼈기 때문이다.

'그래봤자 창녀야.' 그가 생각했다.

'나를 유혹하려고 하는군. 혼미하다. 나쁜 여자야.' 그는 몸을 굽히고 성경을 읽었다.

그러나 계속 머리를 들게 되었고 그녀의 얼굴을 들여다보았다. 결국 그는 무서운 의심을 더 이상 참을 수 없어서 거칠고 난폭한 목소리로 물었다.

"어떻게 여기 오게 되었는지 말해봐요."

그녀는 이 질문을 기다린 것 같았다. 그녀는 목에서 십자가 목걸이를 풀었다. 그리고 십자가를 가리키면서 맑고 단호한 목소리로 말했다.

"내가 여기 있는 것은 바로 이것 때문이에요."

하인리히는 머리를 숙이고 놀라서 얼굴을 붉혔다.

"그게 무슨 상관인지는 잘 모르겠지만, 당신 말을 믿을
게요."

소녀는 미소 짓고 나지막하게 말을 이었다.

"이제 모든 걸 아주 간단하게 설명하겠어요. 나는 구원
을 위해 여기에서 창녀의 일자리를 얻었어요. 나는 사람들
을 구원하려고 합니다. 하지만 나는 너무 약해서 나이 든 난
봉꾼을 상대하기는 힘들어요. 그래서 젊은 사람들을 구하려
고 해요. 너무 많은 젊은이들이 거의 타락해 있어요. 당신이
내가 죄의 가면을 쓰고 처음으로 접근했던 사람은 아니에요.
하지만 나와 여기에 함께 앉았던 많은 사람 중에서 내 도움
이 필요치 않은 첫 번째 사람이에요."

하인리히는 놀라서 그녀를 보았다. 귀를 의심할 것 같
았다. 그의 감동 어린 시선을 받고 그녀는 심각해져서 미소
가 일그러졌다. 이제 하인리히는 그녀의 영혼이 한없이 슬퍼
한다는 것을 똑똑하게 보았다. 그녀의 눈에 비친 슬픔이 입
술의 미소로도 줄어들지 않았으니까.

하인리히는 그녀에게 구원에 성공한 적이 있느냐고 묻
고 싶었다. 그러나 능력을 증명하라고 요구하는 것이 부끄러

11

워서 그녀가 계속 말하기를 기다렸다. 그녀는 몸을 조금 앞으로 굽히고 앉아 있었다. 그 모습이 신비하게 아름다웠다. 괴로워하는 얼굴은 마치 지옥에 있는 천사를 떠올리게 했다. 그녀의 내면에 어떤 예기치 못했던 무서운 일이 벌어지는 것을 느꼈다. 그는 다시금 무서움에 놀라서 두 손으로 얼굴을 감쌌다. 그는 갑자기 그녀를 사랑한다고 느꼈다. 그녀가 흥분한 목소리로 말을 계속했다.

"실제로 한 젊은이를 구할 수 있었어요. 여기서 일하기 시작한 첫 주에 한 젊은이가 비틀거리며 들어왔어요. 나는 금세 그가 술에 취해서가 아니라 배고파서 비틀거린다는 걸 알았죠. 그는 죽음보다 더 창백했습니다. 살아있었기 때문이었죠. 까만 머리카락은 이마 주변에 엉켜 있었어요. 그가 앉더니 거의 미친 듯이 큰 목소리로 여자를 달라고 했습니다. 나는 그를 팔에 안고 내 방으로 갔어요. 그를 다른 사람들의 야유에서 보호하기 위해서였죠. 그는 너무나 곤궁한 나머지 거의 미쳐 있었던 겁니다. 나는 그에게 먹을 것을 주고 말을 했습니다. 그러자 그는 잠이 들었어요. 오랜 시간 동안 그의 옆에 앉아 아무도 그를 방해하지 못하게 망을 보았습니다. 그는 잠에서 깨자 나의 몸을 요구했어요. 하지만 내 시선을 보고는 가만히 있더군요. 나는 그에게 구원의 말을 건넸습니다. 내 말을 듣더니 그는 종교가 없는 사람처럼 놀랐습니다.

하인리히 뵐 단편선

그리고는 아침 일찍 떠났어요. 가끔 내게 와서 그리스도의 말씀을 듣곤 했는데 넉 달 전부터 오지 않고 있어요. 무슨 이유인지, 그는 부끄러워했어요. 그가 마지막으로 왔을 때 그걸 느꼈죠. 무슨 말을 하려고 하는 것 같았는데, 끝내 부끄러웠는지 아무 말도 하지 않았습니다. 나는 그의 이름을 알고 있지만 주소는 몰라요. 그를 찾고 싶어요."

그녀가 말을 마치더니 힘없이 식탁 의자에 쓰러지듯 앉았다. 그리고 얼굴을 손으로 가리고 울었다. 하인리히는 그녀에게 몸을 굽혔다. 그는 느닷없이 그녀에 대한 사랑의 아픔을 잊었다. 그녀가 걱정됐다.

"내가 그 사람을 찾아줄게요. 날 믿으세요. 내가 정말 ……."

그녀가 곧추 일어나서 불타는 눈으로 그를 바라보더니 울면서 말했다.

"당신을 믿어요. 그는 방황하고 있어요."

그녀가 하인리히를 기이하게 응시했다. 그는 갑자기 그녀가 자기를 사랑한다는 걸 분명히 느꼈다. 그가 그녀를 위로하기 위해 찾기로 했던 그 남자가 아니라 자신을 사랑한다는 것을 알게 되었다. 그는 울고 있는 그녀에게 몸을 굽혀 속삭였다.

"울지 말아요. 오히려 기뻐하시오. 내가 지금 선물 받은 새로운 인생을 함께 축복해요. 당신을 섬기겠소. 내 생명보다 당신을 더 사랑하겠소. 제발 울지 말아요. 이 안개를 벗어납시다. 가난 속에서 그리스도의 인생을 시작합시다. 우리 둘이서."

그는 기쁨에 겨워 더 이상 말하지 못했다. 말은 사람들 사이를 가장 서툴게 중재하기 때문에 그의 영혼을 제대로 이해할 수 없었다. 그는 주저앉아서 그녀의 손에 키스하고 그녀를 똑바로 세웠다. 그녀는 행복에 겨워 몸을 떨면서 그의 팔에 안겼다.

그날 저녁 수잔네는 일을 그만 두었다. 하인리히는 그녀와 함께 시내에서 잠자리를 찾아 나섰다. 그들은 조그만 작은 방을 새로 얻었고 늦은 밤까지 거기 앉아서 서로 쳐다보았다. 말은 거의 하지 않았다. 그리고 베네딕트 타우스터를 찾기로 결정했다. 그는 수잔네가 매음굴에서 오랜 고통을 겪으면서 구해낸 유일한 사람이었다. 베네딕트는 그가 열 여덟 살 때 쓴 글로 독자들을 분노케 했다. 〈나폴레옹 역시 에로틱한 천재였다!?〉라는 대단히 유명한 에세이였다. 부제는 '코르시카 출신의 우아한 남성에 대한 고찰'이었다.

그가 감탄부호와 의문부호를 붙였다는 사실만으로 많은 사람들이 분노했다. 하지만 사람들의 분노는 더 이상 끓지 않고 금세 증기가 되어 사라지고 말았다. 증기처럼 사라진 분노를 가졌던 한 사람으로부터 하인리히는 베네딕트에 대해서 알게 되었다. 하인리히는 그의 글을 읽었다. 그리고 그가 거의 악마와 같은 판단에서 기존의 것을 모두 조소하고 모독하는 것을 알게 되었다. 그는 정치와 사회를 평행으로 다뤘다. 나폴레옹의 에로티시즘이라는 짧은 글에서는 주로 현재의 시대문제에 대해서 말했다. 번번히 놀라운 대목이 있어서 웃느라고 눈물이 날 정도였다. 하인리히를 가장 감동시킨 것은 전체적으로 흐르는 감동적인 낮은 목소리였다. 미치도록 뜨거운 열정은 아이러니가 결합되어 황홀한 감동을 낳았다. 마지막의 한 문장은 어린아이가 자기가 저지른 나쁜 짓에 대해 약간 뉘우치는 것 같기도 했다.

"베네딕트인 내가 그토록 희망이 없는 아이라는 게 참으로 유감이다."

하인리히는 어느 평론의 천재라는 유명한 문인을 통해 간접적으로 베네딕트에 대해 알게 되었다. 이 평론가는 이런 말을 했다.

"도스토옙스키의 위대함은 분명히 괴테를 천재적으로 모방한 데 있다."

이 말을 하고 난 후, 월계수 향이 나는 그의 머리에 권총 세 발이 발사되었다. 하인리히는 간수를 통해 이 분을 알게 되었다. 그는 암살자들이 수감되어 있는 지하 감옥에 견학을 간 자리에서 간수의 귀에 대고 말했다.

"나는 틀린 말을 하지 않습니다. 아마 분명 곧 베네딕트 타우스터가 여기 오게 될 겁니다."

그 간수는 하인리히가 문학에 관심이 있는 것을 알고 있었기에 베네딕트에 대해 말해주었다. 하인리히는 악명이 자자한 거리의 초라한 다락방에서 베네딕트를 찾아냈다. 그는 거기 살고 있었다. 베네딕트는 키가 크고 매우 호리호리했으며 창백하고 고통받는 얼굴이었다. 하인리히는 그에게 자신을 소개했다. 수잔네가 자신의 약혼녀이며 둘이서 함께 당신을 찾아다녔다고 말했다. 베네딕트가 말없이 그를 한동안 쳐다보았다. 그리고 호감이 가는 연약한 목소리로 말했다.

"말을 놓을게." 하인리히는 머리만 끄덕였다.

그리하여 둘은 금세 친구가 되었다. 그들은 오랫동안 말없이 마주보고 담배를 피웠다. 느닷없이 베네딕트가 머리를 들고 나지막하게 말했다.

"너 그리스도를 믿는구나." 하인리히가 그렇다고 대답했다. 기실 그건 질문이 아니었다.

"너는 분명히 나폴레옹에 대한 내 글을 읽었겠구나. 그런데 내 말 들어봐. 그 나쁜 편집자 놈들이 첫 줄을 마음대로 빼 버렸어. 나는 글을 이렇게 시작했어. '하나님, 내가 쓴 글이 나빠도 용서하세요. 하나님을 조롱하면서 그리스도 교도라고 말하는 사람들에 대한 분노에서 이걸 썼습니다.' 그들이 이걸 뺀 걸 이제 알았지."

베네딕트는 이 말을 하면서 하인리히를 응시했다. 하인리히는 그의 눈에서 불꽃이 튀는 것을 보았다. 그는 일어나서 깊은 생각에 잠긴 채 방 안을 오르내렸다. 오랫동안 이리저리 발걸음을 옮기다가 이윽고 하인리히 앞에 섰다. 그리고 계속 말하기 시작했다.

"뭐 하나 부탁할 게 있어." 그는 잠시 말을 멈추더니 계속 말할까 곰곰이 생각하는 것 같았다.

"들어봐. 너는 여섯 달 후에 한 어린 여자아이를 반기게 될 거야. 내 아이가 태어나거든."

나는 그녀를 전당포에서 만났어. 이른 아침이었지. 나는 자주 그랬듯이, 내게 유일하게 값진 물건인 시계를 전당 잡히려고 했어. 며칠 동안 아무것도 먹지 못했거든. 나는 시계를 창구에 넣었고 전당포 주인이 시계를 살피면서 모든 것이 순조롭게 진행되었어. 5마르크를 받기로 했지. 그런데 갑자기 신분증을 요구하는 거야. 나는 당황했어. 신분증이 없다고 더듬거렸더니 시계를 돌려주더군. 창피해서 돌아서려는데 갑자기 내 뒤에서 한 소녀의 맑은 목소리가 들렸어.

"이 분 내가 보증하겠어요. 여기 내 증명서가 있어요."

놀라서 뒤로 돌아 그녀의 얼굴을 보았어. 그녀는 키가 나만 했고 검은 머리에 창백한 얼굴이었어. 검은 눈으로 나를 진지하게 쳐다보더군. 전당포 직원이 그녀에게 신분증을 돌려주면서 말했어.

"우선 이 경우 보증이 필요 없습니다. 두 번째로 당신은 아직 너무 어려요. 그래서 당신의 신분증도 받아줄 수 없습니다."

나는 아무렇지 않게 그녀의 손을 잡고 집으로 데리고 갔어. 그 후 나는 이 순간 자연스러운 몸가짐이 저절로 이루어지는 걸 알고 굉장히 놀랐어. 나는 그때까지 팔로 여자를 안아본 적도 없었거든. 우리는 온갖 이야기를 주고받았어. 금세 말을 놓았던 것은 물론이야. 기실 나는 그녀에게 빠진 건 아니었지만 그녀를 사랑했어. 우리는 걸으면서 즐겁게 대화를 나누고 심지어 배고픔에 대해 농담도 했지. 그러나 그녀는 대체로 슬프고 우울했어. 나와 나란히 말없이 걸었는데, 두세 번 짧게 그녀의 내면에서 기쁨의 빛이 솟은 것 같기도 했어. 그러면 그녀는 미소를 짓고 뭔가 말을 하곤 했지. 매력적인 그 미소는 사랑스럽고 황홀했어. 참으로 활기찬 소녀의 미소였지. 어느 골목길에서 우리는 헤어졌는데, 나는 그녀에게 내 집주소를 알려주고서는 방문해 달라고 부탁했고 그녀는 아무 말도 하지 않았어. 그런데 그날 저녁에 벌써 찾아온 거야. 그녀가 도착하자마자 나는 바로 가서 키스했어. 그녀는 다시금 미소를 지었지. 이제 그녀는 매일 저녁 찾아왔고 우리는 얘기를 나눴어. 우리 생활에 대해서도 얘기하고 그 다음에는 신과 예술 그리고 정치 등 모든 것에 대해서 얘기를 나눴어. 나는 그녀의 지적인 말을 듣는 걸 아주 좋아했어. 그리고 우리는 함께 기도했고 특히 그리스도와 나란히 십자가에 못 박혀 같은 날 천당으로 올라간 그 도둑을 경배했지.

그즈음 나는 금전적으로 사정이 점점 나빠졌어. 나의 유산관리인이 지급해주는 월 25마르크 외에는 수입이 하나도 없었으니까. 그러니 옷이나 신발조차 살 수 없었지. 그때 글을 많이 쓰긴 했는데 나폴레옹에 대한 그 에세이 빼고는 하나도 완성하지 못했어. 나는 그녀를 믿고 글을 넘겨주었어. 그녀가 오랫동안 뛰어다닌 끝에 거의 3주가 지나서 이 글을 출판할 사람을 찾았지. 출판사 대표가 나를 찾아왔어(이 출판사는 대개 삼류소설을 출판하여 큰 돈을 번 곳이야). 우리는 바로 계약했지. 그 무렵 그녀의 아버지가 자살했어. 그는 대단히 빚을 많이 졌는데, 수완이 좋아 승승장구하더니 결국 사기가 발각된 거야. 그는 스스로에게 총을 쐈다더군. 그녀는 그날 오후 늦게 왔어. 나는 그녀를 엄청 그리워하며 기다렸지. 참으로 유리한 출판 계약을 맺었지만 기쁘지는 않았어. 어느 늦은 여름날, 엄청나게 뜨거운 날씨가 하늘에 무거운 먹구름을 모았고 해는 빨리 졌어. 나는 조그만 창을 통해 진한 붉은색 노을을 퍼 부은 도시를 내다보았지. 도시는 전처럼 전혀 우울해 보이지 않았어. 하지만 나는 죽음 때문에 서글펐어. 나에게는 그녀가 꼭 필요하게 되었음을 뼈저리게 깨달았지. 그때 그녀가 왔는데 꼭 미친 사람 같아 보였어. 그녀는 내 팔에 안겼고, 나는 두서없이 더듬거리는 말에서 무슨 일이 생겼는지 알게 됐지. 나는 아무 말도 할 수 없었고 말없이 키스했지. 그날 저녁 그녀가 내 집에 머물렀고 우리 둘은 동정을 잃었어.

그는 빠른 속도로 말하면서 계속 서성거렸다. 잠깐 말을 끊고 창 밖을 내다보았다. 하인리히는 그에게 가려고 했다. 무언가 말하려고 했으며 적어도 악수하려고 했다. 그때 검은 옷을 입은 소녀의 모습이 나타났다. 그의 설명으로 하인리히는 그 소녀를 금세 알아보고 반겼다. 베네딕트는 그녀에게 하인리히의 이름을 알려주고 의자를 밀어준 뒤 자기는 하인리히 옆의 침대에 앉았다. 방 안의 희미한 불빛 속에서 두 남자는 여자의 윤곽만 볼 수 있었다. 그녀는 따뜻한 목소리로 나지막하게 말하기 시작했다.

하인리히 單편선

"내가 너를 위해 뭘 좀 찾았어. 어떤 분이 개인적으로 오후 학교를 운영하는데 시간당 일 마르크씩 받고 고등학교 과목을 가르칠 사람을 찾고 있어. 낙제한 아이들의 학교숙제를 돕는 거야. 너는 정식으로 고용되어 매일 6시간 내지 7시간 일해. 물론 그 전에 작은 시험에 붙는 것이 그 분의 요구 조건이야. 나는 벌써 그 분에게 네가 고등학교를 졸업했다고 말했어. 그 밖에 그 분도 학부모들로부터 시간당 3마르크를 받아."

베네딕트가 천천히 머리를 들었다.

"막달레나, 고마워. 그럼 우리 결혼할 수 있겠다. 다만 그 분이 나를……." 세 사람은 반쯤 어두운 곳에 오랫동안 앉아 있었다. 단지 한번 베네딕트가 고요를 깨뜨렸다.

"막달레나, 내게 진리를 가르치던 매음굴의 소녀에 대해 이야기했던 거 기억하지. 하인리히가 바로 그 소녀의 약혼자야."

막달레나는 벌떡 일어나서 하인리히에게 달려갔다. 대단히 크고 검은 눈으로 하인리히를 오랫동안 진지하게 응시했다. 그리고 물었다.

"베네딕트가 그녀를 더는 찾아가지 않았는데 그녀가 우리를 용서했나요? 그녀의 순결 때문에 우리는 참으로 부끄러워요."

막달레나는 타는 듯이 얼굴을 붉히고 방바닥을 보았다가 눈을 다시 올려 떴다. 그리고 하인리히가 미소 지으며 머리를 끄떡이는 것을 보았다. 그녀는 의자를 들고 와서 두 사람 옆에 앉았다.

막달레나는 수잔네와 같이 앉아서 수잔네의 깊은 신앙을 기뻐했다. 그 동안 두 젊은이는 학교를 운영하는 사람을 찾아갔다. 실로 가난한 사람을 죽이는 차디찬 겨울비가 내리고 있었다. 그들은 모자를 쓰지 않고 단지 얇고 남루한 외투만 입었기 때문에 조금이라도 비를 덜 맞기 위해 집 담벼락에 바싹 붙어서 걸었다. 교외의 우아하고 넓은 거리의 집들은 높은 가로수와 정원 뒤에 일부러 평범하게 자리잡고 있었다. 그들은 궁전이나 다름없는 집의 초인종을 잡아당겼고 응접실로 안내받았다.

우선 한 시간을 기다려야 했다. 그들이 경멸에 찬 언짢은 기분으로 벽에 걸린 모든 사진의 배경과 기원을 끝까지 확인하고 엄청난 절망감에 빠져 벽지 무늬에 미친 듯이 뛰어들려고 할 때, 한 단정한 신사가 들어왔다. 그는 중간 키에 건장한 체격으로 부처와 같은 미소를 지으며 그들을 친절하게 영접했다. 그들은 자기소개를 했다. 5분 안에 베네딕트는 시험 없이 고등학교 졸업증만으로 취직했다. 임시로 한 달간 수습기간을 두었다. 하인리히도 수습기간을 두고 받아 줄 것

하인리히 뵐 단편선

을 요청했고 비록 나이는 어리지만 그의 증명서를 잠깐 보더니 그를 채용했다.

"오늘 오후부터 나오세요." 이 짧은 말과 함께 그들은 그곳을 벗어나 왔던 길을 다시 돌아갔다.

"그 사람 바보든가 아님 미쳤어." 하인리히가 말을 이었다.

"우리를 그렇게 쉽게 받으면 그의 유명한 학교 명성이 위험할 수도 있는데 말이야." 베네딕트가 웃었다.

"미친 건 아니고 좀 게으른 거야. 하지만 바보는 아니야. 막달레나를 알기 때문에 우리가 가톨릭 교도이고 신앙심이 있다고 생각하는 거지. 그는 이렇게 생각했을 거야. '가톨릭 교도들은 죄에 대해서 대단히 불안을 느낀다. 비밀을 고해야 하기 때문이다. 그러니까 주기적으로 고해성사를 하지 않는 사람들보다 덜 속이고 모든 걸 고백한다.' 주변에도 보면, 교도가 아닌 수많은 사람들이 가톨릭 교도인 식모를 고용하잖아. 그들이 고해의 의무 때문에 도둑질하지 않을 거라고 믿기 때문이야. 이것 말고도, 만약 우리 때문에 명성에 해가 간다면 아무 때나 우리를 해고할 수도 있고 말이야."

그들은 다시금 막달레나를 수잔네의 집에서 만났다. 따뜻한 난로 옆에 앉아서 뜨거운 커피를 마시고 또한 담배도 피울 수 있다는 건 선물이었다.

베네딕트와 막달레나는 곧 작별했다. 그들은 일주일 후에 있는 결혼식 때문에 사제를 만나야 했다.

수잔네는 하인리히 옆에 앉아있었고 그는 수잔네의 얼굴을 진지하게 응시했다.

"수잔네, 나는 늘 태양을 미워했어. 웃음 짓는 햇빛이 내 괴로움을 조롱한다고 생각했기 때문이야. 나는 오랫동안 삶의 의지를 찾지 못했어. 삶의 기쁨은 더더욱 없었지. 그러다가 어느날 삶의 의지를 찾았어. 그날 내가 너를 찾았던 거야. 인생의 즐거움을 찾았던 거야. 그날부터 태양은 비치지 않았어. 태양은 불경한 사람을 처벌해. 태양은 분명히 다시 뜰 거야. 그러면 나는 환성을 지르며 태양을 맞을 거야. 우리는 멋진 인생을 살게 될 거야. 정말이야. 수잔네."

하인리히는 미소를 지었다. 수잔네가 그의 얼굴에서 본첫 미소였다. 미소는 마치 사라진 옛날의 꿈같은 단순하고 맑은 신앙의 음악 같았다. 음악이 젊은 얼굴에 떨면서 숨어 있었던 것이다. 그의 기쁨이 이렇듯 조용하게 시작하는 걸 보았기 때문에 수잔네는 행복했다. 둘 사이에는 무언가 순결하고 죄와는 거리가 먼 것이 있었다. 그들이 태어났던 때에는 이런 죄가 자주 가까이에 있었다. 그리고 그것은 오랜 옛날 기사의 사랑처럼 조용한 환성으로 가득 찬 행복한 사랑의 숨결이었다. 하인리히가 그녀를 부드럽게 끌어당겨 입에 키스했다. 그들은 발 밑의 땅이 가라앉는 느낌이 들었다.

결혼식은 마치 어떤 아이의 장례를 치르듯이 서글펐다. 대단히 화려한 대성당은 한없이 넓고 높았다. 이렇게 애처로운 결혼식을 보는 것은 드문 일이었다. 거대한 홀의 천장은 거친 회색으로, 구름 낀 2월의 하늘 같았다. 이 성당 홀은 옆 성찬제단에 무릎 꿇은 남루한 옷을 입은 몇 사람의 영혼을 서글픈 허무감으로 짓눌렀다. 막달레나는 공손하게 눈을 감았다. 그리고 성스러운 결혼식의 성사를 기다리면서 몸을 떨었다. 하인리히는 카톨릭 사제가 성사를 할 때 몸을 돌려서 베네딕트의 창백하고 진지한 얼굴을 들여다보았다. 두 사람 뒤에 막달레나의 어머니와 오빠들이 무릎을 꿇고 있었다. 어머니의 얼굴에는 희생으로 고통받는 기색이 보였다. 마치 겁탈당한 소녀가 영혼의 순결함을 위해 육체의 모욕을 잊기 시작하는 경우 같았다. 오빠들의 시선에는 늙어가는 방탕아의 숨겨둔 파렴치함이 묻어 있었다. 그들은 아버지와 함께 그녀의 영혼을 짓밟았다. 막달레나의 옆이자, 그녀의 가족들 앞에서 무릎 꿇고 머리를 숙인 수잔네를 향한 소심한 시선도 있었다. 하인리히와 파울 폰 센타우는 증인으로 결혼미사에 종사했다.

축복이 끝난 후 베네딕트와 막달레나가 앞에 나와 오래되고 단순한 성당의 의자에 무릎을 꿇었다. 성당의 의자는 이미 많은 영주들의 결혼식에서 사용되었던 것이다. 두 증인은 그들 옆으로 갔다. 사제의 성사가 시작했다. 결혼성사가 끝난 후 젊은 사제는 넓은 홀의 큰 메아리를 걱정하듯이 아주 나지막하게 말했다. 그의 얼굴에는 기쁨의 미소가 흘렀다.

"사제의 성스러운 말로 부부가 되면 보통 그들에게 몇 마디 말을 건네는 게 관례입니다. 그런데 미안합니다. 저는 지금 말할 수 없습니다. 용서하세요. 우리는 오늘 신에 대한 그리스도인의 진정과 겸손을 보았습니다. 미안합니다."

그는 얼굴을 붉히고 방바닥을 보았다.

"저는 감동했습니다. 작은 파티의 초대를 받아들이겠습니다."

막달레나의 두 오빠는 대성당 앞에서 결혼식 하객과 헤어졌다. 비열하게 돈을 버는 사람들의 얼굴이 가난한 교구에서 악몽처럼 사라졌다. 대도시에서 흔히 그러하듯, 그들은 구도시 변두리에 있는 새 부부의 거처로 발을 옮겼다. 사실 결혼식을 올린 성당은 그들이 다니는 성당이 아니었다. 그러나 베네딕트가 거기서 결혼식을 올리기를 바랐다. 그의 부모가 거기서 결혼했고 그도 거기서 세례를 받았다는 것을 알았기 때문이다. 그는 반년 전 수잔네의 집에서 밤을 보내고 난 후 진리의 말을 듣고 사제에게 자기 마음을 열었다. 이 사제

하인리히 뵐 단편선

가 성당의 옛날 기록물에서 제2차 세계대전 초에 베네딕트의 아버지 다니엘 타우스터가 아델하이드 폰 센타우와 결혼한 것을 찾아냈다. 또한 베네딕트의 세례 기록도 남아 있었다. 그들은 시내 중심에서 도시의 외곽까지 먼 길을 걸어가야만 했다. 젊은 사제와 막달레나의 어머니가 함께 대화하며 앞서 갔다. 맨 뒤에는 수잔네가 하인리히와 파울 사이에서 걸어갔다. 파울은 처음 본 수잔네에게 자신을 소개하면서 자신의 인생에 대해서 이야기했다.

저는 고향을 떠난 프랑켄 귀족의 마지막 후예입니다. 이 귀족 가문은 이미 백 년 전부터 평범한 시민으로 살았죠. 내 사촌인 베네딕트가 저와 같은 유일한 혈통입니다. 아버지가 랑에마크에서 전사했던 날 나는 태어났죠. 그때 어머니의 나이는 열 여덟 살이 채 안되었습니다. 어머니는 고아로 태어난 서글픈 자신의 젊음을, 멋진 사랑으로 마감한 남편의 죽음으로 심히 괴로워했죠. 제 아버지의 여동생인 베네딕트의 어머니는 열 아홉 살이었는데 저를 맡았습니다. 당시 저는 태어난 지 여섯 달밖에 안되었죠. 그때 베네딕트의 어머니도 임신중이었는데 자기 남편에 대한 고민과 걱정으로 가득 차 있었습니다. 베네딕트의 아버지는 머리에 부상을 입고 루마니아의 야전병원에 있었거든요. 그는 베네딕트가 태어나기 석 달 전에 돌아가셨습니다. 베네딕트의 어머니는 자신의 남편과 오빠 그리고 제 어머니의 슬픔 때문에 괴로웠고, 엄청난 삶의 짐을 떠안게 되었습니다. 일상의 길목에서 간혹 불타는 그녀의 젊은 영혼을 예수 그리스도에 대한 신앙으로 억눌렀습니다. 그리스도는 진리를 말하는 현자이자 고통받는 이들의 친구잖아요. 하지만 베네딕트의 어머니는 저와 베네딕트에게서 기쁨을 얻지 못했어요. 그리고 일자리도 얻어야 했죠.

우리는 기나긴 아침 시간을 전쟁으로 불구가 된 바이트의 집에서 보냈습니다. 바이트는 우리 집 옆의 다락방에서 살았는데 다리가 하나만 있었죠. 지팡이를 짚고 수많은 층계를 힘겹게 올라가야 했습니다. 게다가 폐가 상해 자주 침대에 누워 있었죠. 그러니 우리 둘이 그에게는 매우 쓸모가 있었던 겁니다. 그는 아직 젊은 나이로 서른 두 살이었고 꽤 열정적인 사람이었습니다. 우리 둘의 아버지가 전사했다는 말을 듣고 우리를 더 사랑했죠. 저는 다섯 살이고 베네딕트는 네 살이 채 안 됐을 때입니다. 그때 바이트와 우리의 우정이 시작되었습니다. 바이트는 아무 것도 믿지 않았어요. 우리가 가면 그는 먼저 근엄한 목소리로 아이러니한 질문을 합니다.

"인생에서 가장 중요한 기본원칙이 뭐냐?"

그러면 우리 아이들은 맑은 목소리로 대답합니다.

"모두 시시해!"

그는 이렇게 우리를 가르쳤습니다. 살면서 끔찍한 일들을 겪어온 그는 우리에게 무서우면서도 재미있는 이야기를 들려주었습니다. 그는 말로서 우리의 어린 영혼에 신을 믿지 않는 독이 스며들게 한 거죠. 하지만 매일 저녁 기도를 올렸기 때문에 효과를 보지는 못했습니다. 베네딕트의 어머니가 피곤에 지친 가운데서도 집에 오면 반드시 기도를 하게 했거든요. 바이트가 나쁜 사람은 아니었어요. 하지만 신에 대한 끈을 잃었죠. 지금 생각해 보면 그가 마음속으로는 남몰래 성신을 찾았던 것 같기도 해요. 그가 살아 있었던 마지막 어느 날, 저는 일곱 살이었습니다.

"얘들아, 너희는 저녁에 무슨 기도를 하니?"

"우리는 예수 그리스도에게 우리의 영혼을 신을 믿지 않는 것에서 보호하고, 하늘에 있는 우리의 아버지들을 위하고, 착한 바이트를 건강하게 하고, 어머니에게 기쁨을 선사해 달라고 기도해요."

그러자 그는 불안한 미소를 지으며 우리를 바라봤습니다. 그리고 말했죠.

"아주 좋다. 절대 잊으면 안 된다."

지난 2년 동안 자신의 지혜를 모두 부정했던 이 말은 우리가 모았지만 구별하지는 못했던 수많은 인상 중의 하나로 우리에게 남아 있습니다.

며칠 후 바이트는 죽었습니다. 우리는 오랫동안 그를 깊이 애도했어요. 어머니의 위로는 도움이 되지 않았습니다. 시간만이 겨우 이 상처를 치유할 수 있었죠. 그런데 슬픔이 지나고 나서 바이트가 뿌린 씨앗이 우리 안에서 자라나기 시작했어요. 어머니가 무슨 말을 하면 우리는 그게 아니라며 반대했죠. 바이트는 신을 믿지 않았지만 우리는 아직 그 정도는 아니었어요. 신을 의심하지는 않았죠. 그건 나중 일입니다. 그 후 우리는 몇 년 동안 거리를 떠도는 허약한 이성에 매여 있었습니다. 어머니가 돌아가신 후 우리는 너무 가난해서 학교의 중산층과 상류층 아이들로부터 멸시를 받았습니다. 우리는 점점 배타적이 되어갔죠. 처음에는 천천히 그 다음에는 대단히 급격하게 비정상적인 걸 부정하게 되었습니다. 화가 난 창백한 얼굴로 우리는 우리의 가난을 자랑스럽게 내밀고 다녔죠. 우리의 내면에 의심이 일었습니다. 힘든 환경과 우리의 짧은 식견으로 인해 기독교인이라고 말하면서 십자가를 부정하는 기형아들을 우리는 멀리했습니다. 우리는 그리스도 교리를 사실 잘 몰랐던 것입니다.

어머니가 돌아가셨을 때 저는 아홉 살, 베네딕트는 여덟 살쯤이었습니다. 의사들은 어머니가 과로사했다고 말했습니다. 우리를 너무 사랑해 매일 몸이 부서져라 일하느라

하인리히 뵐 단편선

쇠약해진 것입니다. 그러나 저는 어머니가 고뇌로 죽었다고 믿습니다. 또 실제로도 그렇고요. 오랫동안 어머니 내면에 묻혀 있던 고민이 터졌고 그 파괴적인 충격으로 어머니가 언제나 믿었던 영생으로 가게 되었다고 생각합니다. 어머니가 우리에게 중요한 시기에 우선 십자가의 조용한 교리를 알려주었다면 우리의 주변에 널려 있는 어리석고 불충분한 사고방식 때문에 실패하지 않았을 것입니다. 그리하여 우리는 오랫동안 헤매고 더듬거려야만 했습니다. 우리는 베네딕트의 어머니가 산 작은 집에서 나오는 수입으로 살아갔는데, 그건 우리의 미래를 위해 마련한 최소한의 안전책으로, 힘들게 일하며 먹을 걸 아껴서 모은 돈으로 산 집이었죠. 사랑의 기록과 거대한 기념비에 대한 많은 말들을 하지만 저로서는 구시가에 있는 낡고 기울어진 조그만 이 집보다 더 아름다운 집은 이 세상에 없습니다. 이 집은 젊고 아름다우며 고뇌에 찬 여자가 오랫동안 먹는 걸 아껴 마련한 집입니다.

저는 학교시험이 있기 일 년 전 한 여자 때문에 베네딕트와 옛 고향도시를 떠났습니다. 그녀는 진한 갈색 머리에 젊고 황홀한 입술을 가지고 있었죠. 눈동자는 검은 게 마치 밤 같았어요. 정말 불타고 있었습니다. 그녀는 당시 여기서 쇼팽 연주회를 열었습니다. 저는 그녀의 연주를 들었고, 생애 처음으로 심취하고 감동했습니다. 매력적이면서 우울하고 유혹적인 관능에 온전히 빠져버린 것이죠. 오로지 제가 바란 것은 이 젊은 여자였습니다. 그녀의 연주는 제 영혼을 취하게 했습니다. 빽빽한 커튼 사이로 박수 소리가 들릴 때 저는 그녀의 침실에 있었습니다. 제복 입은 일꾼들이 물러가는 게 보였습니다. 커튼이 열리고 그녀가 조용하고 우아하게 나타났죠. 저를 보고도 그녀는 놀라지 않았습니다. 화도 내지 않았어요. 그녀는 저의 거지 같은 차림새를 보지 않았습니다. 그저 제 눈을 보고 미소 지었죠. 그녀는 열 일곱 살로 아주 젊었습니다. 저는 그녀가 저처럼 동정이라는 걸 바로 알았습니다. 그녀는 그렇게 오랫동안 서서 미소 지었습니다. 저는 진지했죠. 기쁨과 고뇌로 얼굴이 창백했습니다. 그녀가 제게 오더니 키스했습니다. 저는 그때까지 한 번도 여자와 키스해본 적이 없었어요. 처음으로 사랑하는 여자에게 키스하는 즐거움을 맛보았습니다. 너무나 감동적인 목소리로 그녀가 나지막하게 말했습니다.

"웃어. 나는 너를 사랑해. 너는 나의 처음이자 유일한 남자야."

우리는 그날 밤 온전히 취한 감미로운 마음과 뜨거운 기쁨에 차 결혼의 언약을 맺었습니다. 그러나 신의 은총은 없었습니다.

저는 나탈리에와 함께 일 년 동안 세계 여행을 했습니

다. 그녀는 연주회를 열었고 유명해졌습니다. 당시 저는 낡고 낡은 학교 제복이 전부였습니다. 하지만 그녀는 제가 무엇을 걸쳤는지 보지 않았습니다. 오직 순수와 열정뿐이었습니다. 저는 이런 것들에 대해 생각하지 않았습니다. 우리는 회합에 가지 않았어요. 언제나 우리 둘만 있었습니다. 우리의 청춘과 사랑만으로 지냈죠. 저는 그녀의 연주회를 한 번도 빠지지 않고 갔습니다. 탐욕에 물든 수많은 눈이 그녀의 육체를 향하는 것을 보면 미칠 것 같았습니다. 그건 제 것이었죠. 우리 둘은 그리스도를 생각하지 않았지만 늘 수호천사가 우리 위를 떠다녔습니다. 우리는 한 번도 나쁜 일을 하지 않았습니다. 하지만 저의 존재를 감출 수는 없었죠. 기자들이 저를 뒤졌고 그들은 저를 위대한 피아니스트의 숨겨놓은 애인이라고 불렀습니다. 우리는 끝없이 죄를 지었지만 매일매일이 첫날처럼 기쁘고 젊고 불타올랐습니다. 하지만 자신의 젊은 육체의 결실이 죄에 빠진 것을 본 어머니의 간청과 저를 키운 두 번째 어머니가 신에게 간곡히 부탁한 일이 헛되지 않았는지, 저는 돌아올 수 있었습니다.

어느 날 저녁 저는 남부 독일의 한 소도시를 산책하고 있었습니다. 거기서 그녀의 연주회가 있었던 거죠. 동네의 지주들 앞에서 그녀를 저와 떼어놓는 것을 보고 마음이 쓰라렸습니다. 그러다가 문득 저 자신이 불량배와 다름없다는 사실을 깨달은 겁니다. 그녀가 저를 위해 일하도록 한 것이죠. 저는 오래 전부터 그저 그런 사람들 앞에서 연주하는 것이 그녀에게 고통이라는 것을 알고 있었습니다. 우리 둘만 있을 때 피아노나 바이올린을 연습하는 경우 저는 그녀의 불타는 열정을 느꼈습니다. 음악은 그녀의 즐거움 그 자체였죠. 이 생각이 떠오르자 무서웠습니다. 저는 가까운 성당으로 도망쳤습니다. 그 곳이 방해받지 않고 들어갈 수 있는 유일한 곳이라는 걸 알고 있었기 때문입니다. 저는 어두컴컴한 성당의 맨 끝 벤치에 앉았습니다. 소곤대는 기도소리가 몇 사람이 부르는 합창과 함께 내 귀에 아주 약하게 들려왔습니다. 갑자기 어떤 목소리가 크고 분명하게 들려와서 놀라 일어났습니다.

"신에 대한 모든 죄악과 모욕은 교만에서 시작한다. 이웃에 대해 조금만 교만해도 마찬가지다."

한 늙은 사제가 교단에 오르면서 설교를 시작했습니다. 저는 처음에는 크고 똑똑한 목소리에, 그 다음에는 사제의 말에 이끌려 설교를 듣게 되었습니다. 제 이성이 감동한 것입니다. 저는 15분도 채 안되 십자가의 교리를 놀랍도록 분명하게 깨닫게 되었습니다. 사제님은 겸손과 사랑 그리고 도덕에 대해 말했습니다. 그리고 질서와 신의 처방에 대해서 말했습니다. 그때 저는 움찔했죠. 제가 질서를 어겼다고 바로 느꼈기 때문입니다. 마치 번개를 맞은 것처럼 알게 됐죠. 저는 약해지고 멍해졌습니다. 그 다음 사제가 무슨 말을 했는지 귀에 들리지도 않았어요. 기도가 끝난 후 혼자 성당에 남아있었습니다. 오랫동안 혼자 그렇게 앉아 있었어요. 고통으로 땀을 흘리며 죽고 싶다는 생각을 했습니다. 고요한 가운데 발걸음소리를 들렸습니다. 고개를 올려다보니 사제님이었어요. 사제는 성체실 앞에서 무릎을 꿇고 난 후 성당을 나가려던 참이었습니다. 저는 마치 술에 취한 사람처럼 몸을 흔들면서 사제님에게 와달라고 눈짓했습니다. 그는 내 옆에 서더니 저를 아주 친절하게 지켜보았어요. 그런데 말이 나오지 않았습니다. 저는 분명하지는 않지만 신의 존재를 진정 느꼈고, 내가 지은 죄 때문에 심한 고통을 받았습니다. 동시에 전에 없이 나탈리에가 신의 멋진 창조물이자 선한 사람이라는 것을 깨달았습니다. 저는 신에게 간절히 기도했습니다. 신의 그 본성으로 나탈리에의 마음을 진정으로 또한 분명하게 어루만져 주기를 간청했습니다. 그러고 나서 저는 사제에게 나지막한 목소리로 모든 것을 말했습니다.

호텔로 돌아오는 길에 내 마음 속에 갑자기 진리를 얻게 되었다는 기쁨이 솟아올랐습니다. 그러고 나서 유일하게 소유할 가치가 있는 보물을 제가 사랑했고 지금도 사랑하는 여자에게 전할 생각에 마음이 불타올랐죠. 저는 그녀가 이해하리라는 걸 믿어 의심치 않았습니다. 저는 그녀가 진짜인 걸 알고 있었기 때문이죠. 저는 그녀가 뜨거운 눈물을 흘렸던 수많은 시간을 생각했습니다. 우리의 사랑에 아기가 없었기 때문이었죠. 저는 나탈리에의 내면에 진짜 이상의 것이 들어있는 것을 그녀의 예술을 통해 알고 있었습니다. 저는 늦은 밤 이 길에서 또한 고뇌에 찬 그녀의 슬픈 환상을 수천 번도 더 들은 것 같았습니다. 하지만 제 기독교적인 양심의 척도 때문에 무너지지 않을 수 있었습니다. 저는 그녀에게 저의 목적을 알리는 것이 너무 기뻐서 환성을 질렀습니다. 곧, 이 이야기의 끝을 알게 될 것입니다. 이제 곧 한 소녀 같은 젊은 여자를 보게 될 겁니다. 저와 결혼을 약속한 징표로 오른손에 소박한 금반지 하나를 끼고 있습니다. 그녀는 평범한 붉은 옷을 입고 있을 거예요. 그리고 유일한 장식품으로는 묵주와 겸손한 사람들의 기도서가 전부입니다. 이 위대한 피아니스트는 연인과 결혼하여 나탈리에 폰 센타우가 되었습니다.

파울은 두 사람을 밝게 쳐다보았다. 그는 말하면서 계속 앞을 내다보았다. 수잔네는 이 이상한 청년의 얘기를 듣고 흥분했다. 그는 수잔네의 눈을 보고 자기 말을 알아들었는지 보려고 했다. 수잔네가 하인리히를 보니 그는 웃고 있었다.

이 소수의 일행은 문 앞에서 젊고 아름다운 한 여자의 영접을 받았다. 그녀는 갈색 머리에 진홍색의 소박한 옷을 입고 있었다. 그녀의 옷 목둘레에 까만 진주와 황금의 묵주 십자가가 빛났다. 그녀의 눈은 대단히 크고 까맣고 콧날은 섬세했다. 그녀는 우선 젊은 부부를 환영했다. 막달레나에게 키스하고 베네딕트와 굳게 악수했다. 파울이 금세 뛰어가서 그녀를 사제와 수잔네에게 소개했다.

"이 사람이 제가 말한 그 여자예요"하고 그는 수잔네에게 웃으면서 말했다.

나탈리에는 예쁜 식탁에 아침식사를 모두 준비해 놓았다. 여기 저기 꽃이 있었다. 방구석의 성모상 앞에는 촛불이 타고 있었다. 나탈리에는 다른 사람들의 놀란 시선을 보고 미소 지었다.

"오늘 아침 당신의 그 조그만 집의 창고에서 이걸 찾았어요. 마치 볼품없는 먼지덩어리 같아 보였어요. 아마 예전 주인들이 거들떠보지 않았나봐요. 처음에는 먼지 낀 낡은 물레의 부품이라고 생각했어요. 그런데 들어올리니까 굉장히 무겁더군요. 먼지를 털어내고 닦았더니 황금빛으로 빛났어요. 아주 오래된 게 틀림없어요."

방 안에는 고소한 커피냄새가 감돌았고 식탁 위에는 빵

이 있었다. 입맛을 돋우는 갈색과 진한 검은색의 빵이었다. 갈색 용기 안에는 노란 버터가 들어 있었다. 모두 즐거운 마음으로 앉았다. 2월이 조금은 더 다정해진 것 같았다. 회색 하늘에는 적어도 위협적인 비구름은 없었다. 심지어 동남쪽에서 희미한 햇빛이 창을 통해 들어왔다. 물론 바깥은 아직 추웠지만 집안은 아늑하고 따뜻했다. 식사하는 동안 별로 말이 없었다. 무엇보다 지금 막 결혼한 부부를 경외하는 분위기였다.

식후에 커피잔을 다시 채웠다. 파란색 담배연기가 가벼운 안개를 방 안에 깔기 시작했다. 그때 파울이 밀했다.

"우리 그 일을 곰곰이 생각해 봅시다." 모두 긴장하고 그를 지켜보았다. 그가 웃었다.

"우리가 무슨 단체나 협회를 만들어야 한다는 걸 분명하게 생각하기를 바랍니다." 다른 사람들이 웃는 가운데 하인리히가 말했다.

"나도 그렇게 생각해요. 두 사람 이상 함께 있고 어떤 문제에서 어느 정도 같은 의견이면 회원카드나 회비가 있는 어떤 것이 생기기 마련입니다. 의심할 여지가 없이 어떤 단체가 생깁니다. 여덟 명이 시작하는 겁니다. 한 젊은 남자, 그는 월 수입이 200마르크도 안 되는데 결혼한 정신 나간 사람입니다. 그리고 이 바보의 아내는 몰락한 중산층 부류에

속합니다. 이 정신 나간 여자의 어머니는 퇴임한 위대한 예술가이고 이 예술가의 남편은 떠돌이로 온전히 타락한 옛 귀족의 마지막 후예입니다. 또한 로마교회의 완벽한 노예인 사제 한 사람 그리고 여러 가지 의심쩍은 과거가 있는 수잔네와 나입니다."

"내가 단체의 의장이 되고 단체의 노래를 작곡하고 작시해도 된다면 함께 하겠습니다." 하고 베네딕트가 말했다.

그리고 미소 지으며 파이프를 빨았다. 대화는 이 테마에 따라 점점 분명히 전개될 수도 있었다. 젊은 사제가 미소 지으며 경청하다가 말을 제재하기 위해 오른손을 들었다. 그는 금세 불을 붙인 파이프 안에 대고 나지막하게 말하는 것 같았다.

"실제로 우스꽝스러운 것은, 모두가 보통 비웃어야 할 일의 아주 작은 일부이긴 하지만, 대개 거기에 무언가 감추고 기울어지고 틀린 것이 들어 있습니다. 그리하여 우스꽝스러운 것은 언제나 심각하지만 악마적인 면이 있죠. 단체가 예가 되겠는데 대개 우스꽝스럽습니다. 이것들은 실제로 틀리고 우스꽝스럽고 부정적이지만, 근본적으로 생각하면, 수많은 우상숭배의 한 가지 변형에 불과합니다. 많은 단체 회원들이 동시에 정기적으로 성당에 가는 착한 기독교도들입니다. 하지만 그들이 단체나 협회의 정관을 읽고 내용을 알게 되면 몇 천 배로 더 흥분하고 심지어 반란을 일으킬 것이라고 생각합니다. 정관에서 한 문항이 삭제되는 것보다 더 큰 공격입니다(이건 한 가지 예에 불과합니다). 이것들은 모두, 개별적으로 말하면 유행, 스포츠, 리듬 또는 영화관 혹은 대개 돈이라고 불리는 것들인데 이는 모두 건강한 성품을 갉아먹기 위해 사탄이 잘 짜놓은 부르주아적인 함정입니다. 그리하여 섬세하고 깨끗한 시민들(대개 그들은 너무 게으르고 피곤하고 어리석어서 큰 죄인이 되지 못합니다)을 아주 천천히 그들이 구해낸 남아있는 조그만 진리로부터 주의를 돌리게 합니다. 이런 것들이 한 자리를 얻게 되고, 진리를 지키도록 임명된 자리에서 보호받기에 이르면, 모든 것이 저절로 계속 진행됩니다. 아름다움이 조소받고 미적 감각이 망가집니다. 욕망을 채찍질당하죠. 늪처럼 부글부글 끓어오릅니다. 그러므로 누가 새 단체를 설립하려면, 그것은 절대자를 위한 친구들의 단체여야 합니다. 그런데 그런 단체는 이미 있죠. 우리 성당 안에 말입니다."

사제는 자신의 낯선 결론에 미소 지었다. 다른 사람들은 말이 없고, 심각해졌다. 젊은 사람들은 마음속으로 생각하고 말없이 담배를 피웠다. 여자들은 앞을 보았다. 막달레나의 어머니가 약간 놀라면서 사제를 응시했다. 수잔네가 일어나서 마돈나 앞에 촛불을 다시 붙였다. 어느새 불이 꺼져 있었던 것이다. 나탈리에가 나지막하게 말했다.

"연주하겠어요." 그녀는 얼굴을 붉혔다.

"당신들이 원하면."

모두가 머리를 끄덕였다. 나탈리에가 일어났다. 그리고 책장 옆에 있는 하인리히에게 악보를 건네 달라고 했다. 그가 묻는 눈길로 쳐다보자 "베토벤" 하고 그녀가 말했다. 남자들은 파이프를 내려놓았다. 갑자기 강한 햇빛이 창을 통해 들어왔다. 나탈리에가 하얀 벽 옆에 있는 그랜드 피아노로 걸음을 옮겼다. 벽에는 아무런 그림 장식이 없었다. 단지 까만 십자가가 있을 뿐이었다.

도망자

그는 은신처에서 두근거리는 가슴을 안고, 자동차가 눈부신 헤드라이트를 켜고 시골길을 질주하는 것을 보았다. 느닷없이 누가 얼굴을 때리는 것 같았다. 그는 몸을 움츠렸다. 자동차가 끼익 소리를 내며 멈추는 것 같더니 맵시 좋게 돌았다. 그리고 램프의 잔인한 유리알이 느리게, 유유히 들판 위로 미끄러져 갔다. 눈부신 빛이 나무들을 비췄다. 생각지도 않았던 나무들이 갑자기 나타나 끔찍한 인생을 말하려고 하는 것 같았다. 관목들은 미치도록 밝은 이 빛에 도태되어 어둠 속으로 사라졌다. 그러자 넘실거리는 불빛은 담벽을 에워쌌다. 담벽 뒤에 그가 숨어 있었다. 그는 불빛이 점점 위로 쌓이더니 금방 부서질 것 같은 담벼락 위를 비추는 것을 보았다.

그는 눈이 부시고 몹시 아파 눈을 감았다. 찌르는 듯한 불빛이 담벽의 깨진 구멍 사이로 눈 한가운데를 찔렀던 것이다.

그는 웅웅거리는 자동차 모터 소리와 남자들의 목소리를 듣고 긴장한 채로 귀를 기울였다. 이제는 헤드라이트가 꺼지고 다시금 어둠이 육중한 무게로 그를 덮쳤다. 그는 습기 찬 들판에서 일어나 머리를 담벽 너머로 올렸다. 자동차는 불빛을 돌려놓고 길에 서 있었다. 그는 두 남자의 그림자를 보았다. 얼굴이 그에게 향하고 있었다. 그가 여기 있는 걸 그들이 아는 게 틀림없었다. 그의 두 눈이 희미한 어둠 속을 뚫고 들어가 그들의 얼굴을 살폈다. 게르마트가 함께 있는지 반드시 알아야 했기 때문이다. 게르마트, 그 이름만 들어도 심장이 멈추고 정신을 잃을 것 같았다. 게르마트는 이 지역을 통틀어 가장 노련한 수색 경찰로, 그가 가장 증오하는 흉측한 호랑이 경찰이었다. 게르마트의 재주는 본능을 뛰어넘는 것이었다. 남자들의 무심한 듯한 목소리가 들렸다. 같은 목소리로 중얼거리는 소리였다.

그는 느닷없이 좌우의 어두운 밭에서 나는 소음을 들었다. 발을 질질 끌면서 살금살금 걷는 소리 같았다. 그를 둘러싼 젖은 땅바닥에서 장화를 신고 걸으면 걸음을 옮길 때마다 진흙에서 장화가 빠져나오는 고음의 불쾌한 소리가 날 건 분명하다. 맙소사! 순간 그의 머리가 담벽 위의 희미한 푸른 하늘을 배경으로 한 까만 공처럼 보일 거라는 생각이 들었다. 그는 무서운 불안에서 헐떡거리며 몸을 굽혔다. 그는 0.1초 동안 실뭉치처럼 얽혀 있는 수많은 생각과 감정을 정돈했다. 그때 담벼락 위로 총알 소리가 났다. 길 쪽에서 날아온 총알이었다. 추격을 공식적으로 알린 것이었다. 깜짝 놀란 첫 순간 그는 발사소리를 듣지 못했던 걸까? 갑자기 그의 마음이 가벼워졌다. 가슴 속에 쌓였던 얼음처럼 찬 증오가, 불안과 고뇌로 생긴 혼돈 모두를 뚜렷하게 했다. 그는 번개처럼 빨리, 그리고 조심스럽게 곰곰이 생각했다. 그제서야 어둠의 장막이 걷혔다. 앞으로 뭘 할지 선명해졌다.

사람들이 그의 좌우로 지나갔다. 그는 양 방향에서 네다섯 남자가 시끄럽게 떠드는 소리를 들었다. 지금은 바로 등 뒤에서 들렸다. 그들은 큰길까지 초소를 촘촘히 세운 것 같았다. 그곳에는 악마의 두뇌를 가진 게르마트가 체포를 지휘하고 있었다. 도망은 쓸데없는 일이었다. 그가 조금만 움직였어도 어둠 속에서 그들의 권총으로 구멍이 열 군데는 났을 것이다. 그들은 그가 서 있는 곳을 알고 있었다. 그러나 그는 그들이 기어 다니는 곳을 알지 못했다. 그가 할 수 있는 일은, 자신을 몰이사냥하는 그들의 중심지 앞으로 돌격하는 것뿐이었다. 0.5초 동안 그의 머리에 계획이 떠올랐다. 우스울 정도로 쉽지만 엄청난 만용이 필요한 일이었다. 그러나 증오가 그에게 용기를 주었다. 엄청난 증오는 그만큼의 사랑과 마찬가지로 사람에게 힘을 불어넣는다. 이제 그는 추위도 느끼지 못했다. 배고프지도 불안하지도 않았다. 앞쪽 어딘가에 그가 무소의 힘과 뛰어난 천재성으로 공격해야 할 숙적이 진을 치고 있었다. 그의 뒤로 포위망이 쳐 있는 것을 알고 있었다. 과수원 담벼락 뒤에서 두 추적자가 만나 나지막하게 주고받는 말도 들었다. 그는 짧고 빠른 기도를 올렸다. 불꽃처럼 피었다 꺼지는 기도였다. 그는 미소를 지어야만 할 것 같았다. 승리를 확신하는 추적자들에게 포위당한 그는 어둠 속에서 미소 지었다. 그러고 나서 그는 담벼락 너머로 두 손을 번쩍 들고 큰소리로 외쳤다.

"게르마트, 총 쏘지 말아요. 항복입니다."

그는 추적자들의 놀란 큰 외침을 들었다. 그는 얼른 담벼락을 뛰어넘어 큰길로 달려가면서 한번 더 웃으며 큰 소리로 말했다.

"부하들을 다시 불러."

큰길까지 백오십 걸음도 안됐다. 추적하는 무리가 생각을 가다듬기 전에 빨리 달려야 했다. 그는 어둠 속에서 까만 제복을 입은 게르마트의 키 큰 모습을 알아보았다. 푸른 기도는 밤보다 더 까만 제복이었다. 그는 줄곧 두 손을 머리 위로 높이 올렸다. 그리고 웅덩이를 뛰어 넘었다. 그러자 그는 헤드라이트의 불빛에 비친 강직하고 냉정한 게르마트의 얼굴을 똑똑히 보았다. 고상한 게르마트의 얼굴은 아름다웠다. 또한 흐뭇하게 미소 지으며, 말하려고 입을 여는 것도 보았다. 그는 온 힘을 모아 몸을 던졌다. 그의 유일한 무기를 사용한 것이다. 게르마트가 미치도록 싫었다. 거칠고 생경한 증오감에 휩싸여 그는 자동차 주위로 미친 듯이 달려가 온몸을 날려 충돌했다. 그가 생각했던 대로 운전기사가 외마디 소리를 지르며 운전석에서 뛰어내리는 소리를 들었다. 그러고 나서 그는 큰길 위에 아주 조용히 조심스럽게 누웠다. 소리 내지 않고 천천히 자동차 밑으로 기어갔다. 깊숙이 자리잡은 휘발유 탱크가 게르마트를 볼 수 있는 공간을 주었다. 그는 게르마트와 두 걸음 떨어져서, 차고 단단한 큰길 아스팔트 위에 누워 있었다. 그는 몸 속에서 나오는 실로 끔찍한 오열을, 안간 힘을 다한 의지로 참아야만 했다, 그는 전신을 떨었다. 병이 난 것처럼 땀이 터져 나왔다. 휘발유와 기름 냄새가 텅 빈 위 속에 죽을 것 같은 구토증을 불러일으켰다.

그는 단지 기분을 돌리고 무서운 긴장감에서 벗어나기 위해 게르마트를 보았다. 게르마트는 신음하고 저주하면서 큰길 위에 누워있었다. 얼굴은 심한 분노로 무섭게 일그러졌다. 뒤통수의 상처에서 피가 흘렀다. 피는 희미하게 빛나는 회색의 차디찬 큰길로 흘러갔다. 운전수가 그를 도우려고 움직였지만 난감했다. 그의 몸을 일으키려고 자동차 쿠션을 머리 밑에 깔았다. 간수들이 외치는 소리가 어둠을 뚫고 들려왔다.

게르마트가 일어섰다. 수트리크만이 그의 머리에 붕대를 감더니 알약 두세 알을 주었다. 그는 슈납스(독일소주)로 알약을 삼키고 자동차에 몸을 기댔다. 그의 부드럽고 멋진 장화가 바로 요세프의 눈 앞에 있었다. 불쌍한 군더란드가 매일 아침 닦아야 하는 장화였다. 그는 0.5초 동안, 장화를 공격해 게르마트를 다시 한번 땅바닥에 쓰러뜨리고자 하는 헛된 유혹을 느꼈다. 이 악마가 다시 한번 쓰러지는 데 인생을 걸겠다고 다짐했다. 그러나 그에게 들려온 말은, 주의에 주의를 거듭하라는 요구였다. 게르마트가 추적자들의 욕설과 무의미한 협박을 차디찬 목소리로 끊어버렸다. 그리고 화를 내며 말했다.

"쓸데없는 말을 하지 말았어야 해. 그 놈 바로 뒤에 와 있는 거야. 잡은 거나 마찬가지야. 자, 유프, 불을 켜!"

그는 지도를 꺼낸 게 분명했다. 추적자들의 발은 게르마트의 대단히 아름다운 장화 주위에 모여 있었다.

"우리가 있는 이곳은 브레크도르프의 출구야. 저기가 국경이고. 그러니까 놈이 국경을 넘으려면, 우리가 있는 이 길로 돌아와야 해. 제기랄! 머리가 아파. 이 돼지 같은 놈! 그

놈을 반드시 잡을 것을 명한다. 그 더러운 돼지 같은 놈을!"

그는 탄식했다. 그리고 발을 구르고 말을 계속했다.

"베르그와 수트리크만 둘은 이 지점과 아이어스하겐 사이를 왕래하면서 순찰한다. 그리고 그로스캄프와 수트리흐닌스키는 브리크하임과 고르델렌 사이를 맡는다. 나는 진지로 돌아가서 보충병력을 보내겠다. 그들에게 우리가 국경까지 전 구역을 차단한다고 알려. 모두 잘 알았지? 제기랄! 모두 지도를 잘 봐!"

게르마트는 다시금 신음하면서 머리를 잡았다. 그리고 심한 욕설을 퍼부었다. "출발!"하고 그가 말을 이었다. "나는 너희가 떠나는 걸 기다리겠다. 뷔틀러, 이제 자동차를 돌려!"

자동차 모터의 붕붕대는 소리가 갑자기 맑아지고 차체가 움직이기 시작했다. 요세프는 그때 비로소 엄청나게 위험에 처했다는 걸 깨달았다. 불안과 죽음의 땀이 모든 땀구멍에서 솟아났다. 그의 심장 고동이 멈췄다. 그는 힘이 거의 다 빠진 손으로, 마지막 힘을 다해 자동차 밑의 받침대를 꼭 잡았다. 그러고 나서 두 다리를 올려 두 발을 자동차 밑바닥과 받침대 사이 어딘가에 끼어 넣었다. 그는 헐겁게 매달려 있었다. 자동차가 후진하면서 바퀴가 굴러가기 시작하더니 웅덩이까지 후진했다. 자동차 바퀴가 미끄러지면서 그 충격으로 받침대를 움켜쥔 손이 풀러졌다. 두 다리를 위에 꼭 끼우고 머리를 아래로 향한 채 자동차 밑에 매달릴 수밖에 없었다. 자동차 바퀴가 바로 돌아갔다. 그는 내면에서 터져 나오는 거친 울부짖음을 참았다. 그는 힘이 빠졌고 흥분과 죽음에 대한 불안 때문에 거의 의식을 잃을 지경이었다. 겨우 정신을 가다듬었지만 흐르는 눈물을 막을 수 없었다. 눈에서 거칠고 뜨거운 눈물이 터져 나왔다. 그는 눈물의 홍수로 눈이 멀었다.

잠재의식 속에서 그는 자동차가 진동하는 걸 느꼈다. 게르마트가 자동차 발판을 밟았던 것이다. 그의 눈에 눈물이 샘물처럼 솟아 나왔다. 잃었던 것에 대한 끝없는 고민이, 의지를 싸고 있던 장막을 뚫고 나와 말 없는 밤 속으로 질주하는 것 같았다.

그는 끼어 넣었던 손과 발이 언제 풀렸는지 기억이 나지 않았다. 극도의 위기에서 마지막 숨을 쉬면서 그는 자동차 바퀴가 바로 그의 머리 옆으로 질주하는 걸 느꼈다. 그는 상처를 입었고, 더러웠으며, 피곤하고 배가 고팠다. 그는 눈물에 젖은 몸으로 딱딱한 맨 바닥에 누워 있었다.

혼자 있다는 게 몸서리쳐지도록 싫었다. 얼마나 외로웠던지 수색 경찰들이 쫓아오던 그 무섭도록 끔찍한 추격전으로 되돌아가기를 바랄 지경이었다.

어둠이 짙어졌다. 말할 수 없이 짙은 밤이 대지를 소리

없이 무겁게 덮고 있었다. 요세프는 큰길을 벗어났다. 발소리를 죽여가면서 큰길 옆의 부드러운 밭을 지나 브레크도르프로 갔다. 그저 한 시간만이라도 어떤 집에서 사람들 틈에 한번 앉아있고 싶었다. 좀 따뜻한 곳에 가서 뭘 좀 먹고 몸을 씻고 싶었다. 그리고 참으로, 사람들을 보고 싶었다. 그는 몇 달 동안 가시철망 뒤에서 간수들의 손아귀에 들어 있었다. 이 간수들이 아닌 다른 사람들을 보고 싶었다. 딱 한 시간만이라도. 보충인력이 도착하기 전에 이동초소를 피해, 날이 밝기 전에 국경에 닿을 수 있으리라. 그러면 자유를 얻을지도 모른다.

밤에 익숙해지기 위해 모든 감각을 모은 그는 줄곧 길을 따라 걸었다. 한 마을에 도착했으나 너무 늦은 시각이었다. 불빛은 아무데도 없었다. 까만 주택지가 우중충하게 하늘을 향하고 있었다. 나무들의 윤곽도 보였다. 그는 깊은 고요에 잠든 농가의 뜰을 지났다. 생 울타리 바로 옆을 지나면서 가시와 부딪쳤다. 순간 놀랍게도 느닷없이 큰 성당의 신비한 실루엣이 그의 앞에 높이 솟아올랐다. 대단히 조용한 곳으로 커다란 나무들이 에워 싸고 있었다. 그 안에 아직 불이 켜져 있는 집이 한 채 보였다. 그는 조용히 그리고 느리게 걸었다. 개만 짖지 않으면 좋겠다. 간수들이 늑대처럼 그를 덮칠 수 있을 테니까.

머리가 송곳으로 찌르는 듯 무섭게 아팠다. 잔인한 손가락이 그의 찢어지게 아픈 머리를 파내는 것 같았다. 그의 얼굴은 찢기고 몸은 땀에 젖어 더러웠다. 피곤이 겹쳤다. 한 발 옮길 때마다 안간힘을 다해 두 다리를 높이 올려야 했다. 이윽고 그는 까만 문에 기대서서 초인종을 눌렀다. 복도에서 맑은 초인종 소리가 크고 날카롭게 울렸다. 그는 민첩하고 조용한 발걸음 소리를 듣고 놀랐다. 불이 켜지더니 문 아래로 불빛이 새어 나왔다. 이거 낭패군! 하필 정당의 주요 인물 집에 무단으로 들이닥치다니. 그러나 이런 놀라움은 그의 녹초가 된 의식에는 아무런 위력을 발휘하지 못했다. 느닷없이 솟구치는 구역질이 그의 위를 씻어 내리는 것 같았다. 어쩌지! 침착하자. 조용하자. 빵만 조금 얻으면 된다.

그는 비틀거리며 열린 문을 지나갔다. 검은 실루엣의 사람에게 나지막하게 말할 힘이 생겼다.

"빨리, 빨리, 문을 닫아요."

갑자기 밝은 빛에 눈이 부셨다. 그는 처참하기 이를 데 없이 흐느꼈다. 초췌하고 불결한 모습으로 벽에 기대섰다. 아파서 눈을 뜰 수 없었지만 가느다랗게 떠진 눈 사이로 놀라워하는 사제가 보였다. 우울한 멜로디의 음악 한 조각이 꺼져가는 소리가 그의 귀에 들어왔다. 낙원에 대한 인간의 아주 슬픈 동경을 주조로 한, 짧지만 아름답고 무거운 음악은 온통 슬픔으로 뒤덮여 있었다. 그것이 마치 죽음의 총알처럼 그를 쏘았다. 그는 쓰러졌다. 실신한 것 같았다.

그가 다시 눈을 떴을 때, 첫 눈에 들어온 것은 책들이었다. 그는 책들로 가득 찬 벽을 응시했다. 다양한 책 제목들이 독서램프의 희미한 불빛을 받아 부드럽고 온화하게 빛났다. 그는 등 뒤로 난로의 온기를 느꼈으며 육중하고 푹신한 안락의자에 앉아 있었다. 쿠션이 좋았다. 오른쪽에는 검게 칠한 크고 넓적한 책상이 놓여 있었다. 한 남자의 따뜻한 목소리가 그에게 물었다.

"괜찮아요?"

그는 놀라서 몸을 돌렸다. 그리고 사제의 창백하고 가느스름한 얼굴을 보았다. 신부가 그를 굽어보고 있었다. 그가 처음 맡은 것은 고급 담배 냄새와 좋은 비누 냄새였다. 무색무취한 고해실의 아늑한 냄새가 섞여 있었다. 회색빛의 크고 지적인 두 눈이, 다소 둥글고 평평한 얼굴에서 그를 노려보았다. 차갑고 얇은 베일이 얼굴에 드리워 있었다. 두 눈이 사무적인 시선으로 그를 응시했다. 그러고 나서 두 번째 물음이 나왔다.

"그래서 괜찮아요?"

그러나 요세프는 대답 대신 노란색의 벽지를 멍하니 바라보았다. 화려하고 따뜻하고 깨끗해 보였다. 벽에는 고급

취향의 아름다운 그림들이 걸려 있었다. 꿈과 같은 주거 환경이었다. 따뜻하고 안전한 아름다운 방이었다. 짐승 우리와도 같은 수용소와는 딴판이었다. 그는 저도 모르게 눈물을 흘렸다. 놀랍다! 부드럽고 인간적인 이 소파는 편안하게 앉을 수 있게 만들었다. 신부가 창백한 얼굴을 다소 예민하게 책상으로 돌렸다. 책상 위에는 책 두세 권이 펼쳐져 있었고 원고지들이 널려 있었다.

"괜찮아요?" 하고 신부가 다시 물었다.

그리고 금세 불안한 얼굴 표정을 지워버렸다. 부끄럽다고 느끼는 것 같았다. 요세프는 천천히 머리를 신부에게 돌렸다.

"내게 먹을 걸 조금 줄 수 있겠죠? 몸도 꼭 씻어야겠어요. 그리고 또 있어요."

그는 벌떡 일어나더니 절망적인 몸짓을 취하며 말했다.

"그들이 나를 뒤쫓고 있어요. 삼십 분 후에 나는 떠나야 합니다. 아! 내가 지금 꿈을 꾸는건가."

그는 불안하게 두 손을 불끈 쥐고 떨면서 기다렸다.

신부가 두 손을 벌리고 유감이라고 말했다.

"가정부가……"

그러고 나서 신부가 말을 끊고, 처참한 모습의 그를 따라오라고 손짓하고는 복도로 나갔다. 요세프는 조용히 신부를 따라갔다.

"당신 수용소에서 탈출했지요?"하고 신부가 부엌으로 가면서 물었다.

"네"하고 요세프가 나지막하게 중얼댔다.

부엌은 아주 말끔했다. 지금껏 한번도 음식을 만든 적이 없는 부엌 같았다. 눈길을 끌만 했다. 모든 것들이 유리 램프 빛에 반짝거렸다. 조그만 먼지 하나 보이지 않았다. 아무데도 그릇 하나 널려 있지 않았다. 찬장이 닫혀 있었고 난로는 얼음장처럼 차가웠다. 사제가 서툴게 찬장을 흔들었다.

"어쩜담!"하고 사제가 머리를 가로저으며 말을 이었다. "가정부가 열쇠를 늘 가지고 다녀요."

요세프가 깨끗한 석탄 상자에서 끝이 뾰족한 쇠붙이를 꺼냈다. 그리고 입가에 냉소적인 묘한 표정을 지으며 아주 짧게 말했다.

"이래도 되는 거죠?"

사제가 놀라서 당황하듯 몸을 돌렸다. 그러나 요세프는 신부를 옆으로 제쳐 놓고 뾰족한 쇠붙이를 찬장 문 사이에 넣었다. 그리고 힘을 다해 한번에 문을 열었다. 기대에 찬 눈으로 그는 한숨 지으며 값진 물건들을 지켜보았다.

신부의 얼굴에는 가벼운 구토증이 섞인 흥분이 감돌았다. 이제는 신부가 불안한 두 손을 뒷짐지고 요세프를 지켜보았다. 그는 식탁에서 버터와 소시지가 든 두꺼운 빵을 삼켰다. 때 묻은 면직 옷을 입은 남루하고 더럽기 그지없는 그의 모습은 무서웠다. 더러운 머리카락이 여기저기 엉켜 있었다. 잿빛의 진기하게 빛나는 큰 눈에는 엄청난 식욕이 보였다. 고요 속에서 빵 씹는 소음과 간간히 이상한 숨소리만 들렸다. 감기가 들었는데 손수건이 없는 것 같았다, 신부는 이 사람에게서 시선을 뗄 수 없었다. 그러나 그는 신부를 전혀 의식하지 않았다.

시간은 멈추고 세계는 이 부엌만으로 이루어진 것 같았다. 부엌에서 신부는, 끊임없이 먹는 방랑자 옆에 앉아서 떨고 있었다. 왼쪽 손에 빵을 쥐고 오른손에는 칼을 잡고 있던 요세프는 뭔가 머뭇거리는 것 같아 보였다. 그는 칼을 식탁에 던지고 빵을 밀어 놓고 일어섰다.

"신부님은 적어도 내게 뭘 마실 걸 권해야 하는 거 아닌가요. 이렇게 계속 빵만 열두 조각 이상 먹어본 적이 있나요?" 하고 그는 대단히 화를 내면서 세면대로 갔다.

닫힌 비누통 때문에 화난 채, 내키는 대로 비누를 꺼냈다. 그는 숨을 몰아 쉬면서 세수하기 시작했다. 난로 뒤에 있던 큰 수건 밑에 숨겨두었던 세수수건을 찾아냈다. 마치 이 집 안팎을 모두 아는 것 같았다.

"깨끗한 세탁물들이군요. 세수수건이 깨끗해요. 발도

씻어야겠어요."

그는 수건으로 얼굴을 닦으며 중얼거렸다. 수건으로 얼굴과 머리를 거칠고 기분 좋게 문지르더니 세수수건을 다시 걸어 놓았다. 그리고 빗을 찾았다. 그때 처음으로 그는 신부의 얼굴을 온전히 보았다.

"이런!"하고 그가 어린아이처럼 놀라면서 말을 이었다.

"내게 화나신 건 아니지요?"

"아니요" 하고 신부가 흥분하여 숨을 몰아 쉬면서 웃었다.

"당신, 사랑받을 만한 사람이라고 생각해요."

신부가 문에 서서 기다렸다. 요세프는 머리를 흔들며 사제 옆을 지나 복도로 나가 서재로 올라갔다. 그는 여전히 머리를 흔들며 다시 소파에 앉았다.

신부는 바깥 등불을 모두 끄고 문들을 잠근 뒤 서둘러 방으로 들어왔다. 그 사람을 혼자 둔 걸 불안해하는 눈치였다. 신부는 다소 엄한 표정을 짓고 있었다. 우리가 간혹 직업적으로 빈민구호를 하는 사람에게서 보는 그런 표정이었다.

"아무래도 두세 가지 더 부탁해야겠습니다"하고 요세프가 말했다. 그는 마치 업무를 처리하듯 냉정하게 말했다.

"첫째로는 빗입니다. 신부님도 느끼시겠지만, 몸을 씻고 머리를 빗지 않으면 어쩐지 부족한 느낌이 들지요."

그는 까만 빗을 받아 기분 좋게 머리를 빗었다.

"고맙습니다. 그리고 시가를 가진 게 있으면 하나 주세요. 미안하지만 와인도 한 모금 부탁합니다. 그러면 쉽게 국경을 넘을 수 있다고 생각합니다. 나는 아주 강하고 무서울 게 없다는 느낌이 들 겁니다."

신부가 말없이 시가 한 대와 성냥갑을 건네주었다.

"수용소의 간수들이 우리에게 왜 그리도 고자세였는지 그 까닭을 알 것 같아요. 우리가 언제나 배고프고 더럽기 때문이에요."

그는 담배를 길게 한번 빨았다. 그리고 시가와 손톱을 번갈아 보았다. 그는 부러진 성냥개비로 손톱의 때를 깨끗하게 파냈다. 그러고 나서 아주 나지막하게 말했다.

"이러고 나니 퍽 홀가분한 기분이 듭니다."

그는 천천히 주의를 깊게 기울여 신부의 얼굴을 들여다보았다. 그의 얼굴에 괴로운 표정이 드러났다.

"뭣 때문에 화를 내는 건지 정말 모르겠습니다."

신부가 갑자기 벌떡 일어서서 발 밑에 불이 붙은 것처럼 불안하게 책장 앞에서 서성거렸다. 신부의 얼굴에는 불안과 슬픔 그리고 흥분과 의심이 섞여 있었다.

신부의 대답이 없자, 요세프는 말했다.

"내게 와인을 권하지 않아 조금 모욕당한 기분이 듭니다. 그런데 사실을 말씀드리자면, 나는 실로 사랑받을 만한

하인리히 뵐 단편선

58

사람입니다."

신부가 느닷없이 그의 앞에 서서 더듬거리며 말했다.

"당신, 당신은 범죄자지요."

요세프의 두 눈이 굳어지고 가늘어졌다. 조사하듯이 신부를 응시했다.

"물론 나는 이 나라를 반대하는 범죄를 저질렀습니다. 신부님도 그런 범죄를 저질렀다고 생각합니다."

그는 책상 위에 널려 있는 원고지들을 잠깐 보았다.

"신부님의 글에서 그 제복이 대표하는 이념을 들려주기를 바랍니다."

"그건 내가 알아서 할 일이오……."

신부가 웃으며 이런 상황에서도 유머를 찾아내려고 하는 듯했다. 요세프는 다시 한번 와인에 대한 물음을 반복했다. 그러나 신부는 애매모호하게 미소만 지었다. 요세프가 갑자기 사제 앞에 우뚝 섰다. 신부는 놀라서 얼굴이 창백해지더니 외마디 소리를 지를 뻔했다. 요세프가 신부복의 가장 위의 단추를 잡았다. 신부는 절망스러운 방어태세를 취했다.

"네" 하고 신부가 아주 나지막하게 말했다.

"와인을 가져다 드리겠습니다."

그러나 요세프는 화내면서 시가를 책상 위에 던졌다. 그리고 단추를 다시 놓아주었다. "아!" 하고 그는 지친 듯 차갑게 등을 돌렸다.

"내가 어떤 와인을 바라는지 알았으면 좋으련만, 여기 있는 귀한 물건들이 모두 어디에 필요한가요?"

그는 거친 표정을 지으며 책들에 대해서 비판했다.

"신부님도 오십 년 전의 신부들처럼 오늘날 우리가 무시하는 역겨운 법전으로부터 많이 배웠겠지요. 이것들입니다."

그는 주먹으로 덤덤하게 벽의 책들을 밀었다. 신부의 괴로워하는 얼굴을 보고 잠시 말을 멈췄다. 하지만 그의 말은 한번 터진 샘물처럼 계속 흘러나왔다.

"당신들은 미지근한 물로 가득 찬 목욕통 속에 안전하게 앉아있습니다. 그러나 그것은 이도 저도 아닌 상태입니다. 당신들이 너무 비겁해서 물에서 나와 몸을 말리지 못하는 상태를 말합니다. 그러나 당신들은 물이 냉혹한 법 때문에 점점 차가워지고 있다는 걸 못 느낍니다. 물은 현실처럼 차디찬 것입니다."

그의 목소리는 비난하는 투 대신 간절한 소원을 담고 있었다. 그는 신부의 놀란 눈에서 시선을 떼고 얼른 책 제목들을 찾아보았다.

"여기요" 하고 그가 서글프게 말했다.

"이게 나를 범죄자라고 낙인 찍은 거라고 확신합니다." 그는 조그만 팜플렛을 책상 위에 던졌다. "바로 이것입니다.

자, 그럼 또 뵙겠습니다."

그는 숨을 크게 내쉬었다. 그리고 마지막으로 방을 훑어보더니 무릎을 꿇고 나지막하게 말했다.

"나를 축복해 주세요. 앞길이 위험하기 그지없습니다."

신부가 두 손을 깍지 끼고 그의 머리 위에 십자가를 그렸다. 그리고 얼굴에 하염없는 미소를 지으며 그를 만류하려고 했다. 요세프가 나지막하게 말했다.

"안돼요. 미안합니다……. 이제는 가야 합니다. 제 목숨이 경각에 달렸어요."

그는 집을 나서기 전에 검은 모습의 사제에게 성호를 그렸다.

밖은 온통 깜깜했다. 마치 모든 밤이 거기에 모여 있는 것 같았다. 마을은 어둠 속에서 모두 함께 주저앉았다. 마치 아치형의 까만 연통 같았다. 또한 미칠 것 같은 침묵이 마을을 삼킨 것 같기도 했다. 요세프는 차디찬 고독에 대항한다는 느낌이 들었다. 그는 들판으로 연결되는 어두운 길로 조심조심 돌아갔다. 한밤중에 그의 등 뒤에서 성당의 시계 종이 울리는 소리가 들렸다. 엄청난 위로를 주는 동시에 마치 최후의 인사를 건네는 것 같았다. 처음 네 번의 종소리는 맑고 명랑했다면 마지막 두 번은 어둡고 무거웠다. 마치 신의 사형선고가 내려진 것 같았다.

조용한 어둠 속에서 울린 소리는 믿음을 가지라고 거듭 경고했다.

그는 곧 대지의 표면과 더 거친 장애물을 분간할 수 있었다. 나무울타리와 관목 그리고 웅덩이가 장애물이었다. 그는 자기의 기분에 따라 본능이 가리키는 대로, 시골길을 가로지르는 큰길 방향의 길에 저도 모르게 접어들었다. 그는 거의 아무것도 느끼지 못했다. 마음은 완전히 고요한 상태였다. 하늘 아래 어디에서든 답을 받지 못하는, 고뇌에 찬 사람의 끝없는 침묵으로 가득 차 있었다. 십자가 때문에 고통받는 모든 곳에 펼쳐진 신의 약속 외에는 아무런 답이 없었다. 그는 갖가지 미움과 고통에서 아주 멀리 떨어져 있었다. 그리하여 그의 기도는 맑고 조용한 불꽃같은 형상이었다. 그것은 마치 희망과 사랑이 출발하는, 신앙의 정원에 피어난 순결하고 아름다운 꽃과 같았다.

그는 숲을 지나갔다. 어둠 속에서 나무와 부딪히지 않게 조심을 다해 나무 줄기 하나 하나를 매만지면서 지나갔다. 이제 그가 넓은 곳에 나왔을 때 불빛이 보였다. 오른쪽으로 멀리 유령 같은 큰 건물들이 나타났다. 노란빛이 도는 건물들이었다. 철 기둥 구조물이 나타났고 그 뒤로 용광로의 빨간 주둥이가 타고 있었다. 마치 저승의 심연 같았다. 대단하다. 화가 고르델렌의 작품이 거기 있음이 틀림없었다. 그

뒤가 바로 국경이다. 삼십 분도 채 걸리지 않을 거리였다. 그의 앞에 나무들이 줄지어 덮고 있는 경사진 지형이 나타났다. 불빛이 반사되어 멀리서도 그 윤곽을 볼 수 있었다. 그는 줄지은 나무들이 이어져 있는 것을 보았다. 일정 거리가, 나무 한 그루 없이 까만색으로 길게 나 있었다. 그 너머 멀리 있는 국경초소로 난 길인 게 분명했다. 길 저쪽은 온전히 어둠 속이었다. 그곳에 다시금 큰 숲이 넓게 퍼져 있는 듯했으며, 그 숲은 국경 너머까지 이어진 것 같았다.

들리는 소리라고는 멀리서 약하게 뭔가 갈아 부수는 이상한 소음으로, 용광로와 갱도에서 흘러나왔다.

그의 앞에 펼쳐진 평지는 나무와 관목이 없는 들판 그대로였다. 그는 왼쪽으로 조금 이동했다. 거기서도 숨어서 큰길로 갈 수 있는 길은 없었다. 그는 망설이면서 어두운 큰길 아래에 곧게 줄을 짓고 서있는 나무들을 보았다. 아래쪽에 심어 놓은 나무들이 마치 고른 치아가 한없이 줄지어 있는 것 같았다. 다시금 불안이 그를 사로잡았다. 불안은 그의 강한 용기를 비웃듯 마구 빼앗아갔다. 그는 밤의 얼굴이 넓게 벌린 입으로, 징그럽게 히죽 웃는 걸 확인하는 것 같았다. 그는 달리기만 했다. 나무가 그를 심하게 밀쳤다. 가파른 들이 그를 아래로 삼키는 것 같았다. 들이 그렇게 경사진 걸 그는 알지 못했다.

갑자기 하늘이 둘로 갈라지듯이 그의 앞에 눈부신 헤드라이트의 불빛 덩어리가 높이 치솟았다. 그는 이 불빛 덩어리 한가운데에 빠진 것 같았다. 달리는 도중 뇌졸증에 걸린 듯이 쓰러졌다. 그는 아파서 무릎을 꿇었다. 습기로 축축한 차가운 땅바닥에 얼굴을 박았다. 그새 헤드라이트는 섬뜩한 노란 채찍처럼 그를 아래위로 후려쳤다. 그는 땅에 박혀 있어서, 크게 부르는 소리를 듣지 못했다. 그러고 나서 고롱고롱하는 불쾌한 소리를 내며 연발하는 총탄이 그의 앞에서 땅으로 빨려 들어갔다. 총알은 탕 탕 소리를 내며 땅바닥에 박혔다. 그는 살인적인 불빛에 꼼짝 못하고 가파른 들에 누워 있었다. 마치 사격의 목표물로 제공된 것 같았다. 뒤따른 연발의 총탄이 그의 몸을 구멍투성이로 만들어 갈가리 찢어 놓았다. 그는 절규했다. 절망에 빠져 어찌나 큰 소리로 외쳤는지 하늘도 무너트릴 기세였다. 그는 다시 한번 머리를 들었다. 눈이 멀어 절규했다. 그러나 이빨을 드러낸 총구에서의 다음 번 발사가 그 절규를 끊어버렸다.

조용하기 이를 데 없었다. 그의 주위에 서있던 간수들이 회전 전등으로 그의 사체 조각들을 비췄다. 그의 몸은 땅과 구분이 되지 않았다. 마치 땅이 피를 흘린 것 같았다.

"네. 이게 그 사람입니다"하고 한 목소리가 무심히 말했다.

파리의 포로

라인하트는 군인의 지독한 냉철함으로 무장한 채, 총탄으로 파손된 경리장교의 자동차를 조심스럽게 뒤졌다. 후퇴하는 군인들은 이미 도로들이 모여 있는 곳을 마지막으로 사라져 보이지 않았다. 도로들은 마치 부챗살이 한곳으로 모인 듯 그곳에 모여 있었다. 적은 들리지도 않고 보이지도 않았다. 총탄을 맞아 허물어진 공원은 버려진 채 조용했다. 텅 빈 집들의 앞면은 마치 유령 같은 빈 무대였다. 집 창문에는 커튼이 거칠게 애타는 듯이 나부낀다. 지하실에서 사람들이 불안하게 숨 쉬는 소리가 들려오는 것 같다. 한바탕 기세를 올리던 마지막 공격의 엄청난 소동 끝에 찾아온 무서운 정적을 그들은 믿을 수 없었다. 네거리의 평평한 반원모양의 지역은 공원과 연결되어 있었다. 여기는 도로들이 모여 있는 이를테면 부채꼴의 중심지로, 여기서부터 도로가 마치 가냘픈 손가락처럼 쭉 뻗어 있었다. 그리고 그 가운데에는 헬멧, 가스 마스크 그리고 부서진 총들이 여기저기 널려 있었다. 하늘은 햇빛으로 빛나고 미소 짓는다.

하늘은 이를 데 없이 아름다운 이 도시를 축복하며 둥근 원을 그린다. 집집마다 수많은 창들이 이 도시의 광채와 아름다움을 모두 끌어 모은 것 같았다. 참호를 파낸 녹색의 부드러운 잔디밭에는 파괴된 무기와 함께 회색 군복을 입은 시체들이 무더기로 보였다. 마치 혁명이 다른 구역으로 중심지를 옮기면서 그 목구멍으로 새로운 생명을 모두 빨아들인 것만 같았다. 너무 오래 울어서 굳어버린 들판의 시체들이 흙과 엉켜 있는 모습이었다. 이런 가운데, 여름 하늘의 공기는 가로수 길의 나무 아래서 나누는 가벼운 입맞춤처럼 사랑스럽게 불어왔다.

라인하르트는 총탄을 맞아 움직이지 않는 자동차 옆으로 소총과 도구들을 던졌다. 그리고 어수선하게 뒹구는 상자 속에서 값진 물건들을 찾아냈다. 동화 속에나 나올 것 같은 황홀한 담배와 비누를 발견했다. 기나긴 전쟁 통에 한 번도 보지 못했던 것들이다. 비누향은 평화를 뜻했다. 초콜릿과 비스킷 그리고 값비싼 속옷들도 보였다. 그는 신비스러운 속도로 땀에 찌든 더러운 셔츠를 벗고 새 실크 셔츠로 갈아입었다. 몸이 금세 흐뭇한 기분을 느꼈다. 그리고 나서 되도록 많은 물건을 넣으려고 주머니를 체계 있게 채웠다. 행복한 감정은 황홀 그 자체였다. 그는 값진 물건을 여기저기서 찾아냈다. 끝없어 보이던 잔인한 전쟁이 이제 끝나기 시작한다고 생각하니 그는 한없이 흐뭇했다. 전쟁은 서로를 무자비하게 이끌었다. 그리고 지금 태양의 황금빛 회초리에 맞아, 산산이 부서진 회색빛의 질긴 구름 담요가 여지없이 찢어지듯이 산산조각 났다. 전쟁은 끝났다. 라인하트는 거대한 무쇠솥 안에 답답하게 갇혀 있다가 갑자기 뚜껑이 열리면서 숨을 크게 쉬는 것 같은 느낌이 들었다. 이제 라인하트는 빛과 공기가 있는 곳으로 나왔다. 마음껏 크고 자유롭게 숨을 들이켰다. 그는 값비싼 시가를 피웠다. 파란색 담배연기 구름을 맑은 공기에 뿜어내며 그는 아내를 생각했다. 곧 아내를 다시 만나고, 삶도 새로 시작될 거라고 생각했다. 그는 웃으면서 담뱃갑 몇 개를 자동차 안에 던졌다. 담배 대신 아내에게 줄 공주표 비누를 넣기 위해서였다. 그리고 나서 그는 이것저것 쑤셔 넣어 불룩해진 바지 허리를 조이기 위해 탄대를 잡으려고 허리를 굽혔다. 그러나 다음 순간 악취를 풍기는 뜨거운 아스팔트 위에 숨을 헐떡이며 납작하게 엎드려야 했다.

들판 뒤의 작은 숲에서 갑자기 노란색 군복을 입은 군

인들이 탄 자동차 행렬이 미친 듯한 속도로 진격해왔다. 그들은 닥치는 대로 총질하면서 네거리에 접근했다. 남아 있던 마지막 정적마저 사라졌다. 그의 머리 뒤에서 자동차의 유리창이 총탄에 맞아 박살 나는 소리가 났다. 엄청난 불안이 엄습하자 그는 몸을 웅크렸다. 냉철하게 생각할 여지가 없었다. 갑자기 캄캄해진 그의 눈에 보이는 것은 네거리의 반듯하고 잔인한 평지뿐이었다. 도망치는 건 불가능했다. 노란색 조그만 자동차들이 가로수 길에 도착했다. 자동차들은 짖어대는 날렵한 사냥개들이 줄에 매여 있는 것처럼 반원모양의 광장에 모였다가 뻗어 있는 길로 재빨리 흩어졌다. 그중 한 대가 라인하르트의 머리를 바싹 지나갔다. 라인하르트는 그가 본 시체들처럼 몸을 구부리고 포옹하는 자세를 취했다. 정비가 잘된 탱크가 유쾌한 소리를 내며 들판에서부터 다가왔다. 그는 넓은 바퀴만 겨우 볼 수 있었다. 보병 부대들이 다가오는 것을 보고 이제 행동할 시간이 왔다는 걸 알았다. 뒤쪽으로 멀리, 구원의 골짜기처럼 도로가 열려 있는 방향으로 가면, 그가 사랑하는 아내의 작은 얼굴을 볼 수 있을 것이다.

그는 총탄에 부서진 자동차 뒤에 숨어 무릎을 꿇었다가 갑자기 일어나서 미친 사람처럼, 이상하고 비상한 속도로 바로 앞 도로를 향해 뛰어갔다. 그러나 그가 보지 못하는 사이 보병 부대가 따르던 탱크 한 대가 이미 도로까지 접근해 있었다. 맹목적인 도주의 엄청난 불안감으로 뛰어가는 그의 머리 위로 탱크의 유탄이 잔인하게 날아왔다. 유탄은 마치 무시무시한 새처럼 날아가더니 어느 집 앞에 큰 소리를 내며 떨어졌다. 그는 넙죽 엎드렸다. 불안 때문에 정신없이 기어갔다. 더 많은 유탄이 그의 머리 위로 큰 소리를 내고 지나갔다. 화가 머리 끝까지 치민 사람이 마구 펀치를 날리는 것 같았다. 찰싹 하는 소리가 바람처럼 다시금 그를 지나갔다. 그리고 길에서 폭발하는 소리가 응접실에서 들리는 것처럼 메아리 쳤다. 도로까지는 십이 미터였다. 그 길이는 마치 삶과 죽음 사이를 갈라놓는 잔인하기 그지없는 영원처럼 느껴졌다. 그는 벌떡 일어서서 도로 안으로 미친 듯이 질주했다. 마치 생명의 품으로 뛰어 드는 것 같았다. 나부끼는 커튼, 열어놓은 창과 파괴된 집들의 앞면이 꿈속처럼 그를 동행했다. 몇 초 동안, 불안이 크나큰 파도같이 몰려왔다. 그는 이 불안과의 싸움에 이겨서 뚫고 나가야 했다. 그는 주위를 살폈다. 엄청나게 큰 노란색 포신이 마치 말없이 위협하는 코끼리처럼 모퉁이를 돌고 있었다. 이걸 말없이 따르는 군인들에게서 그는 아주 색다른 잔인성을 느꼈다. 군인들은 옆에 있는 집들의 출입구를 점거하고 콧소리 나는 목소리로 그에게 항복하라고 말했다. 그런 다음 총탄 소리가 들리더니 총알이 섬뜩하게 그의 어깨를 지나 거대한 쇼윈도의 한 가운데를 맞췄다. 유리가 날카롭고 무서운 소리를 내며 산산조각이 났다. 그는 다시금 땅에 누워 기어가면서 몸을 이리저리 뒤척였다. 그리고 야생동물처럼 갑자기 방향을 바꾸기도 했다. 보병의 총탄은 감미롭게 노래를 부르는 것 같았다. 탱크의 끔찍한 폭음이 날아 다녔다. 그는 땀을 흘리고, 기진맥진하고 또한 처참하게 길 가장자리에 닿았다. 노란색의 징그럽고 거친 노란색 괴물이 더 가까운 곳에서 크게 발포했다. 그새 군인들은 수많은 집의 출입구로 껑충껑충 뛰어다녔다. 절규와 악취 그리고 떠들어 대는 소리가 넘쳐났다. 그가 온갖 힘을 다해 어느 집 문 앞에 닿으려고 하는 순간, 맞은편 집 지하의 구멍에서 총탄이 발사되었다. 총알은 그의 팔을 스쳐 지나 맞은 편 담을 맞고 튕겨 나오더니 위협적인 윙 소리를 내며 어디론가 사라졌다. 그는 쓰러졌다. 크나큰 절망감이 몰려오며 거의 항복할까도 생각했다. 하지만 다시 앞으로 기어갔다. 일 초마다 눈앞에 사랑하고 또 사랑하는 작은 얼굴이 아롱거렸다. 그때 바로 오른쪽에 좁은 골목길이 나타났다. 그는 나락같이 좁은 길에 떨어졌다. 미소 짓는 작은 얼굴이 점점 커지는 것 같았다. 하늘은 맑게 미소 짓고 있었지만 그는 너무나 녹초가 되어 눈이 보이지 않았다. 거의 손으로 더듬어가며 그는 가까운 집의 문에 닿았다. 어깨로 문을 가볍게 안으로 밀었다. 그는 오래 전부터 아는 집처럼 쉽게 빗장을 찾아내어 문을 잠갔다. 그는 가만히 서서 문을 누르며 숨을 죽이고 귀를 기울였다. 부서진 자동차에서부터 사랑스러운 작은 얼굴을 향해 정신없이 뛰어 도망친 지 채 일 분도 되지 않은 시간이었다.

그는 광기 어린 감동으로 창백해졌다. 사지는 한기가 든 것처럼 떨리고 있었다. 여러 대의 탱크가 굴러가는 소리를 들었다. 거칠고 씹는 듯한 언어로 말하는 군인들이 서로를 부르고 대답하는 소리가 지하실로부터 들렸다. 소리가 나지 않는 숙명적인 고무 구두창 소리마저 들리는 것 같았다. 하지만 그는 불안에 휩싸여 꼼짝도 하지 못했다. 바깥 거리가 잠에서 깨어나는 듯한 소리가 들렸다. 오로지 그만 혼자, 여기서 모든 것을 막아내고 있는 것 같았다.

마치 최악의 위험에서 우리를 건져내듯이, 아주 가느다랗고 놀라운 외침이 굳어 있던 그를 깨웠다. 그는 놀라서 몸을 돌렸다. 그는 어둡고 긴 복도에서 날씬한 검은 머리의 젊은 여자를 보았다. 그녀는 방어적인 자세로 두 손을 뻗었다. 붉은 옷을 휘감은 그녀는 실로 빼어나게 아름다웠다.

희미하게 어두운 복도에서는 그녀의 두 손과 얼굴 그리고 옷이 하나로 보였다. 오직 까만 머리만, 잿빛 배경을 뚫고 생동감 있게 다가왔다. 그녀가 놀란 자세를 풀더니 천천히 다가왔다. 문의 우윳빛 유리를 통해 들어온, 밝은 빛을 받은 얼굴은 매우 젊었고 또 불안을 담고 있었다. 라인하트는 당장 필요한 자세로 침묵을 택했다. 그녀는 저도 모르게 조용하게 나타났다. 그는 밖으로 귀를 기울였다. 긴장해서 제 정신이 아니었다. 바깥의 시끄러운 소음으로부터 자신의 운명을 떼어내야만 했다. 그의 눈은 이 젊은 여자의 매력 있는 얼굴을 훑었다. 그녀의 시선에서 인간적인 선함이 보였다. 그리고 그녀가 자기를 구렁텅이에 몰아넣을 뜻이 없다는 걸 알게 되었다. 조금 더 확인하기 위해 얼굴 전체를 빨리 보았다. 사랑스럽고 조그만 입은 지금도 불안하게 약간 아래쪽으로 처져 있었다. 아기 같은 예쁜 이마, 잘생긴 코, 영리한 턱, 이 모두를 담은 하얀 얼굴을 검은 머리카락이 감싸고 있었다. 그러고 나서 그는 우윳빛 유리를 부수려는 듯이 시선을 돌렸다. 잠긴 목소리로 유창한 불어를 사용해 말했다. 그녀가 놀랐다.

"저를 돕고 싶으면 옷을 좀 주세요."

처음에는 그녀가 알아듣지 못한 것 같았다. 잠시 놀란 눈으로 그를 응시하더니 재빨리 복도로 돌아갔다. 그는 흥분을 가라앉히기 위해서 두 손을 억눌렀다. 옆집 문을 두드리는 소리를 들었기 때문이다. 그는 손을 떨면서 주머니에서 담배 한 대를 힘들게 찾았다. 성냥 불꽃이 타는 소리가 그를 놀라게 했다. 그녀가 소리 없이 복도를 통해 빨리 돌아오는 모습을 보고 그는 마치 신비로운 애무 같은 걸 느꼈다. 그는 고맙다는 말도 못하고 그녀가 건네는 보따리를 들고 어두운 복도로 들어갔다. 그리고 빨리 옷을 갈아입기 시작했다. 하얀색의 부드러운 실크 내의를 입은 것은 잘한 일이었다. 그녀가 분명히 속옷을 잊었을 테니까.

총의 개머리판으로 문을 강하고 급하게 두드리는 소리가 났다. 그는 두려웠다. 빗장이 약한 걸 알고 있었기 때문이다. 그때 라인하트는 그녀의 부드러운 목소리를 들었다. 부드럽고 사랑스럽지만 놀랍도록 차가운 목소리였다. 그는 이제 살았다고 느꼈다. 그녀가 흥분한 목소리로 말했다.

"잠깐만요, 옷 좀 입고요!"

그녀는 같은 말을 다시 엉터리 영어로 말했다. 거칠게 중얼대는 대답이 뒤따랐다. 여자의 말을 알아듣지 못하고 크게 웃으며 떠드는 농담조의 대답이었다. 라인하트는 옷을 갈아입었다. 가볍고 멋진 자유와 황홀함을 느꼈다. 그는 지하실 문을 열고 더러운 누더기를 층계 아래로 던졌다. 양말만 신고 문으로 달려갔다. 그녀가 그를 미소 지으며 지켜보았다. 라인하트가 그녀에게 귓속말로 물었다.

"집에 혼자 있는 거 맞아요?"

그녀가 머리를 끄덕였고 라인하트는 천천히 문의 빗장을 열었다. 엄청나게 큰 덩치의 병사가 서 있었다. 커다란 동물 같았지만 얼굴은 아기 같았다. 군인이 당황한 채 위협적인 투로 그녀에게 짧은 불어로 물었다.

"독일군인 못 봤어요?" 그녀는 천천히 답했다.

"못 봤어요." 그리고 머리를 가로저었다.

이번에는 라인하트에게 시선을 던졌다. 찬찬히 훑어보는 눈길이었다. 마치 큰 주먹으로 라인하트의 어깨를 휘어잡으려고 하는 것 같기도 했다. 그녀가 말을 계속했다.

"이 사람 제 남편이에요. 남편은……." 못한 말을 라인하트가 고맙게도 끊었다.

라인하트는 일부러 대단히 거만하게 이마의 머리카락을 올렸다. 그리고 아직도 붉은빛이 감도는 넓은 상처를 보이게 했다. 관자놀이에 비스듬하게 찔린 상처였다.

"동지, 나는 부상을 입었습니다. 저기 운하에서." 그러면서 마치 증명서를 찾는 것처럼 윗옷 주머니를 뒤졌다.

"외인부대입니다." 그가 말했다.

큰 덩치의 군인은 의심쩍어 했지만 라인하트의 유창한 불어를 듣더니 믿는 투였다. 그는 웃으며 인사하고 사과했다. 모자를 쥐고 몸을 돌리더니 문 밖으로 어깨가 나갔다. 동물에게서 볼 수 있는 우아한 동작을 닮았다.

"그 사람 유럽인이 아니군요." 그녀가 나지막하게 말했다. 그러고 나서 둘만 있게 되었다.

피로와 동정이 바로 이 작은 연극의 추진력이었다. 그런데 우선 그것이 가라앉고 말았다. 그러자 그녀는 당황했다. 라인하르트는 이마의 땀을 훔치면서 아직 타고 있는 담배를 길게 빨았다. 그는 여전히 절반은 꿈이라고 생각했다. 영원한 시간이 몇 분으로 압축되어 그를 엄습했기 때문이다. 그는 어설프게 미소 지으며 걱정스럽게 물었다.

"이제 어떻게 하죠?"

그가 오후의 적막 속에서 파손된 자동차를 뒤지며 평화를 꿈꾸던 때로부터 5분도 채 지나지 않았다. 지금 그는 어쩔 줄 모르고 어둡고 냉랭한 복도에 막막하게 서 있었다. 옆에는 외국인 여자가 있다. 지극히 처참한, 처참하기 이를 데 없는 지금, 그녀의 뛰어난 미모는 그에게 상처를 줬다.

그녀는 당황해서 벌였던 일을 지금 비소로 알게 된 것처럼 차갑고 역겨운 표정을 지었다. 길거리의 소요가 커졌다. 그러나 집안에는 엄청난 적막이 두 사람 사이를 흘렀다. 낯설고 짓누르는 적막이었다. 그새 그녀는 곰곰이 생각하는 것 같았다.

이윽고 그녀는 체념한 듯한 동작으로 빗장을 문 앞으로 밀고 복도로 들어가면서 차갑게 말했다.

"오세요."

그녀의 동작은 마치 의사나 변호사와 상담하기 위해 찾

아온 고객을 안내하는 것처럼 사무적이었다. 그녀는 복도 끝에서 문을 열고 안으로 들어갔다. 그는 죄인처럼 짓눌려서 그녀를 뒤따랐다. 방은 어둑했지만 분위기 있게 대단히 잘 꾸민 걸 알 수 있었다. 그 분위기가 그를 사랑스럽고 부드럽게 맞아주었다. 실내 장식은 실로 그녀의 성품을 표현하는 것 같았다. 라인하트는 그녀의 아름다움에 처참하게 사로잡히면서 점점 더 나락의 가장자리로 떠밀리는 것 같았다. 그는 조용히 문을 닫았다. 그녀는 손을 소파에 올려 놓고 앉아 있었고 그는 장식장 옆에 섰다.

"앉아요!" 그녀는 마치 화난 듯이 말했다.

그는 다소곳이 앉으면서 바지가 자신에게 꼭 맞는 걸 알았고, 그것이 좀 우습게 느껴졌다. 그녀의 얼굴이 서리가 앉은 반원처럼 창백하게 보였고 큰 잿빛 눈은 슬퍼 보였다. 그녀는 화내지 않고 조용히 말했다. 스스로에게 말하는 것 같았다.

"방금 생각했어요. 당신이 전선에서 내 남편을 죽일지도 모른다고."

라인하트는 기운 없이 머리를 가로 저었다.

"부인, 나는 전쟁에서 사람을 죽이지 않을 겁니다."

"그걸 어떻게 알죠?" 그녀가 나지막하게 말했다. 거의 간절한 투였다.

"운명이 당신을 어디로 이끌지 몰라요. 들어봐요. 총구를 어디로 겨눠야 당신의 생명을 지킬 수 있을까요? 내 남편을 겨냥할 수도 있겠죠? 당신은 독일로 가려고 하는 거죠?"

라인하트는 얼굴을 붉혔다.

"아내에게로 가려고 합니다."

그녀는 재빨리 그의 결혼반지를 보았다.

"전쟁이 끝나려면 멀었어요. 누가 독일인을 믿겠어요?"

그녀가 그를 천천히 조사하듯 살펴봤다.

"당신을 경찰에 인도해야 했어요." 그녀가 거의 혼자서 말을 계속했다.

"아마 당신은 목숨을 건지지 못했겠죠. 로베르가 집에 돌아오지 못한다면 나는 평생 내가 그를 죽였다는 죄책감에 시달릴 거에요."

그녀가 느닷없이 아름답고 따뜻한 미소를 지었다.

"나는 로베르를 내 목숨보다 더 사랑해요."

그는 얼굴이 창백해진 것을 느꼈다. 거칠고 낯선 엄청난 위력은 무엇으로도 방어할 수 없을 것 같았다. 앞에 앉아 있는 여자에 대한 그리움이 넘쳐흘렀다. 그리움은 마치 비밀스러운 슬픔처럼 그의 내면에 흘러 들었다. 동시에 아내의 아름다운 얼굴이 그에게 미소 짓는 것 같은 생각이 들었다. 온정과 사랑이 가득 찬 미소였다. 그는 처참했다. 처참하고 구원받을 수 없었다. 장애물들 사이에 갇혀 있었다.

"부인, 내가 뭘 해야 하는지 명령을 내려주세요."

그는 흥분하여 쉰 목소리로 말을 이었다.

"나를 포로로 지하실에 동물처럼 가두셔도 됩니다. 아니면 즉시 이 집을 나가서 군중 속에 섞일 수도 있습니다."

그는 일어섰다. 도망치려고 했다. 정말 도망칠 생각이었다. 그 순간 도로에서 소요가 일었다. 위쪽으로 뚫고 들어오는 회오리바람 같았다. 절규가 들리는가 싶더니 문과 창을 두드리는 소리가 났다. 그녀는 옆 방문을 열고 창가로 달려갔다. 커튼 옆에 서서 숨을 가쁘게 쉬면서 밖을 내다보았다. 노란 군복을 입은 병사들이 길을 따라 급히 도망치는 모습이 보였다. 순간 어디선가 보이지 않는 커다란 빗자루가 길을 쓸고 가듯이 독일 기관총의 미친 듯한 연사가 이어졌다. 그 총탄들은 육체 썩는 소리를 내며 길에 난 구멍으로 들어갔다. 집들을 모두 버린 것 같았다. 집들은 모두 텅 비고 불안으로 꽉 차 있었다. 라인하트는 흥분하여 떨면서 머리를 가로 저었다.

"당신들 정말 미쳤어." 독일어로 말했다.

그녀가 듣고 의심하는 것도 아랑곳하지 않았다. 처음 회색 군복을 입은 더럽고 흙투성이 모습이 골목을 돌 때 라인하트는 깜짝 놀랐다. 그는 그 냉소적인 얼굴을 익히 알고

있었다. 그로테였다. 그로테는 날렵한 까만 기관총을 마치
귀엽고 위험한 동물인 것처럼 어깨 밑에 끼고 가는 것 같았
다. 멋쟁이 그로테는 언제나 탈영과 최고의 훈장을 목에 걸
가능성 사이를 맴돌았다. 그 얼굴은 가엾기 이를 데 없었다.
라인하르트의 심장이 거칠게 뛰었다. 모든 걸 잊고 있었다. 그
는 가볍고 부드러운 민간인 옷을 입은 것도 더 이상 느끼지
못했다. 회색 군복의 무게감이 다시 그의 어깨를 짓누르는
것 같았다. 그는 그녀를 보지 않고 천천히 복도를 지나 문 쪽
으로 갔다. 문 앞에서 뭔가 쿵 하는 소리가 나자 그는 정신을
차리고 뛰어가 문을 열었다. 그리고 기진맥진해 쓰러진 노란
군복의 병사를 끌고 들어왔다. 이로부터 천분의 일 초도 안
되어 회색 군복의 일개 분대가 골목을 지나갔다. 다시금 미
친 듯한 채찍질 소리가 좁은 길을 빠져나갔다.

라인하르트는 녹초가 된 군인에게 허리를 굽혔다. 그러나
라인하르트를 뒤따라왔던 그녀가 그의 어깨를 꽉 잡았다. 그리
고 외마디 소리를 질렀다.

"이 사람 그를 죽일 거예요."

라인하르트는 그녀를 응시했다. 그리고 녹초가 된 군인의
가슴에서 손을 뗐다. 라인하르트의 가여운 눈에는 말할 수 없
는 놀람과 놀라운 슬픔이 똑같이 서려 있었다. 그는 까만 눈
으로 반짝이는 사랑스러운 얼굴을 응시했다. 그리고 나지막

하게 말했다. 자신의 말도 믿지 못하는 것 같았다.

"부인은 나를 개돼지로 여기는 거요?"

그는 천천히 병사의 윗옷 단추와 탄대를 풀었다. 그리고 육중한 몸을 어깨 밑으로 끼고 방 안으로 끌고 갔다. 그녀가 천천히 팔을 내리고 뒤를 따라갔다. 라인하르트는 등 뒤에 그녀가 말없이 서 있는 걸 느꼈다. 아름답지만 뭔가 밀어붙이는 게 있었다. 그녀가 자기를 벽으로 한없이 부드럽게 밀어내는 것 같았다. 그는 조심스러운 손으로 낯선 남자를 꼼꼼히 검사했다. 거의 노란끼가 도는 창백한 얼굴이었다. 불안으로 일그러진 얼굴은 피로로 굳어 있었다. 조그만 두 손은 통통했고 갈색의 정수리를 뒤덮은 머리카락은 매력적이었다. 몸에 상처는 없었다. 심장은 가늘지만 정상적으로 뛰었다. 어쩌면 이 아기 같은 병사는 잠을 자고 있는 것인지도 몰랐다. 라인하르트는 천천히 몸을 돌렸다. 그는 그녀의 불그레한 얼굴에 불안한 시선을 던졌다. 아까와 달리 귀엽고 수줍어하는 얼굴이었다. 그는 이상한 감동을 받았다. 얼굴을 문 쪽으로 돌리고 말했다.

"상처를 찾지 못했습니다."

그녀는 더듬거리며 말했다.

"용서하세요."

이제 그는 그녀를 바라봤다. 그녀는 낯설고 차가운 태

도를 버리고 그에게 가까이 다가왔다. 무섭도록 아름다운 모습에 그는 놀랐다. 그녀가 내민 손을 용감하게 미소 지으며 잡았다. 자신의 피가 무섭게 요동치는 것을 느끼지 못하도록 일부러 꽉 잡았다. 그러고 나서 그가 말했다.

"당신을 용서할 자격이 없는 사람입니다."

두 사람은 이 미지의 이 가여운 젊은 군인을 하늘의 선물처럼 받아들였다. 그들만 있었다면 과연 어떻게 되었을까? 밖에는 새로운 적막이 흘렀다. 길에서 군화의 무거운 발걸음 소리가 들려왔다. 기관총의 딸가닥 소리가 멀리서 울렸다. 기관총 소리는 부서진 자동차가 서 있던 공원 입구에 온 게 분명했다. 그녀가 대야를 들고 있는 동안 라인하르트는 젊은 군인의 얼굴을 씻기고 침대에 잘 눕혔다. 다시금 젊은 군인의 심장 고동을 들었다. 이제 그들은 서로 두려움도 어색함도 없이 시선을 주고받았다. 그들의 눈에는 체념을 통한 홀가분함에서 생긴 명랑한 기운이 감돌았다. 그들은 내면 깊숙이 서로를 위해, 정절을 지키기 위해, 자신과의 싸움을 벌이고 있는 것을 알고 있었다. 아래 공원 옆 어디선가 기관총이, 분노에 차올라 수천 개의 작고 날카로운 이빨을 가는 듯한 소리를 냈다. 그는 마치 총으로 심장 한 가운데를 맞은 것처럼 벌떡 일어섰다. 주체할 수 없는 어떤 충동이 그를 바깥에서 벌어지고 있는 공포와 연결시켰다. 그는 비밀리에 찬 탯

줄을 빨리 끊어야 한다는 생각이 들어 긴장했다. 그리고 누더기를 옆으로 치우며 말했다.

"이제는 내 군복을 없애야 할 것 같은데 잠깐만 여기 혼자 있게 해야겠소."

그녀는 놀라면서 라인하트를 응시했다. 전율을 일으켰다.

"만약 당신이 독일인, 그러니까 당신 고향사람들에게 잡히면요?"

라인하트는 몸을 문으로 돌렸다.

"나는 미군에서 도망친 게 아니요. 독일군에서 도망친 것도 아니요. 전쟁에서 도망친 겁니다. 그리고 오늘 저녁 미군이 아마 이 도시를 차지할 거요."

그는 지하실로 내려가 훈장들이 절반쯤 망가져서 헐렁하게 매달린 남루한 옷가지에서 내용물을 빼낸 다음 끈으로 묶었다. 마치 시체에서 물건을 훔치는 도둑 같다는 생각이 들어 음울하고 무서웠다. 그는 필요하지만 징그럽고 끔찍한 일이어서 빨리 서둘러 끝내려고 했다. 죽은 사람을 파묻는 일과 비슷했다. 그는 엉클어진 옷가지들을 쓰레기 통의 잡동사니 밑에 깊숙이 넣고 다시금 빨리 층계를 올라갔다. 그는 아무리 오랫동안 손을 씻고 또 씻는다 해도 깨끗해지지 않을 것 같다는 기분이 들었다. 전쟁의 잔인성이 그 어느 때보다

하인리히 뵐 단편선

더욱 끔찍하게 다가왔다.

그녀가 거실에서 낯선 남자와 나란히 앉아 달콤한 담배 향기를 뿜고 있는 것을 본 그는 질투 비슷한 걸 느꼈다. 순간 자신의 바보짓이 창피했다. 다시금 자신을 헐뜯은 꼴이 된 것 같았다. 그녀는 부드러운 분홍 여름 드레스 위에 파란색 재킷을 걸치고 있었다. 라인하트는 그녀를 자기 쪽으로 당기지 못하도록 본인의 팔을 묶어 놔야 한다고 생각했다. 그는 이제 깨어난 젊은 낯선 남자에게 가까스로 인사했다. 낯선 남자는 이상하게 아기 같고 불손한 눈으로 그에게 인사했다. 겸손하지만 승리에 찬 군인이 자기 집에서 보호받고 있는 민간인을 깔보는 투의 인사였다.

"메르시, 고마워요!"

그가 서투른 인사와 함께 라인하트에게 미소 지으며 담뱃갑을 내밀었다. 그러고 나서 그녀를 향하여 알 수 없는 문장을 중얼거렸다. 그 말은 이런 것이었다.

"미쳤어…… 독일인들…… 우라질…… 짐승들."

그는 느닷없이 라인하트에게 어색한 프랑스어로 물었다.

"독일군인들은 무엇 때문에 아직 전투하나요?" 그리고 그는 잠깐 밖을 가리켰다.

밖에서는 다시금 기관총이 목 쉰 소리로 위협하는, 울

부짖는 소리가 높아졌다. 라인하트는 의심스럽게 두 사람을 번갈아 보았다. 그러나 그녀가 가볍게 머리를 흔들며 그를 안정시켰다. 이런 연대가 보여준 말없고 부드러운 암시가 라인하트를 깊이 감동케 했다. 그의 혈관을 타고 전율이 흘렀다.

갑자기 심한 폭발로 집 전체가 진동했다. 연이은 포격이 이 구역 전체에 큰 소리를 냈다. 그녀는 창백한 얼굴로 벌떡 일어서더니 벽에 기댔다. 라인하트가 그녀에게로 가서 팔을 잡았다. 그리고 나지막하게 말했다.

"아무것도 아니에요, 부인. 이건 대포 소리입니다. 아니 아무것도 아닙니다. 내 말 믿으세요. 불안해하지 말아요."

그러고 나서 라인하트는 낯선 남자의 얼굴을 조사하듯이 훑어보았다. 그러나 낯선 남자는 처음에는 놀란 것 같더니 이번에는 승리의 미소를 지으며 큰 소리로 외쳤다.

"이건 우리 군의 포격이오. 우리 군대예요."

다시금 유탄 여러 개가 잔혹한 소리를 내며 집들 사이에 떨어졌다. 그러자 탱크가 굴러오는 시끄럽게 윙윙거리는 소리가 들렸다. 갑자기 탱크의 포가 날카로운 폭음을 냈다. 포탄이 명중할 때, 흩어지는 폭음을 뒤따라 나는 소리였다. 몇 분이 지나지 않아 그들은 커튼 뒤에 숨어서 회색 군복의 독일군이 길 아래쪽으로 도망치는 것을 다시 보았다. 그들은 아무 생각 없이 달리는 것 같았다.

다시금 탱크가 모퉁이를 지나서 길 위쪽으로 굴러갔다. 창백한 어린아이의 얼굴을 가진 작은 남자는 미소를 짓더니 초콜릿 한 판을 식탁에 올려놓았다. 그리고 두 사람의 손을 꼭 잡고 나서 집을 떠났다. 다시금 두 사람만 남은 집에는 적막감이 그들 머리 위로 떠다녔다.

라인하트는 작은 남자가 열어 놓은 문으로 갔다. 문을 닫기 전 한 순간 머리를 밖으로 내밀었다. 허브향이 나는 서늘한 저녁 공기가 부드러운 여름 냄새와 함께 비할 바 없이 아름다운 이 도시로 내려앉고 있었다. 그때 그 집을 나설 수도 있었다. 그러지 않은 것이 그의 인생에 지울 수 없는 크나큰 흠을 남겼다. 그는 천천히 무거운 걸음으로 어두운 복도로 돌아왔다. 복도는 아까보다 더 이상하고 어두웠다. 그녀는 팔짱을 끼고 열어놓은 창가에 서서 저녁이 내려앉고 있는 정원을 바라보고 있었다. 거리에서 날카로운 목소리의 소음 그리고 어쩐지 기쁨에 들뜬 목소리가 울렸다. 어쩌면 영원히 막이 내리지 않는 우스운 연극 같았다.

그녀는 스스로를 감추려는 듯이 창가의 오목한 곳에 서 있었다. 라인하트가 다시 돌아왔을 때였다. 그녀는 주위를 살피지 않고 저녁하늘을 보고 있었다. 저녁 하늘의 파란색은 보라색과 장밋빛의 연한 붉은색과 함께, 멋지게 저물어 가는 여름날에 쳐 놓은 아름다운 텐트 같았다. 잔인한 전쟁의 품에 안겨 많은 사람이 죽어간 여름이 끝나가는 듯했다. 공기는 부드럽고 쾌적했지만 그녀는 어깨에 부드러운 파란색 실크 숄을 걸쳤다. 마치 오한이 이는 듯 숄의 단추를 채웠다. 조그만 빨간 열매 같은 입술을 가진 그녀의 창백한 얼굴은 거의 죽은 것 같았다. 바깥은 여전히 밝은 대낮이었지만 방 안은 완전히 어둠에 싸였다. 그리고 비교할 수 없이 아름다운 도시인 파리처럼 밝고 다정했다. 파리에서는 전쟁이 포효하는 소동이 지금까지 계속되고 있었다. 라인하트는 그녀를 황홀하게 보았다. 라인하트는 삼십 초 동안만 그녀를 보겠다고 다짐했다. 그리고 말없이 빨리 떠나서 달리고 또 달려야겠다고, 멀리 떨어진 사랑하는 사람에게 가까이 가서 지금 내 몸을 집어 삼키는 이 무서운 불을 꺼야겠다고 생각했다.

마치 갑자기 깨어난 듯이 그녀가 몸을 돌리고 나지막하게 말했다.

"날이 어두워지면 이곳 정원을 통해 이 집을 떠나세요. 내 말을 믿으세요. 당신이 이 집에 들어오는 걸 수많은 눈이 보았어요. 누구나 당신을 다시 알아봐요. 사람들의 수색이 시작되었기 때문에, 당신이 이미 여기 없다고 생각할 거예요."

그는 놀라서 반대했다.

"그러면 내가 아직 두세 시간 여기서 기다려야 할 텐데요."

라인하트는 끔찍한 불안을 느꼈다. 동시에 강렬한 바람과 그것을 저지해야 한다는 생각으로 정신을 차렸다. 그는 명랑한 미소를 지으며 말하는 그녀를 경배하듯 쳐다봤다.

"어둠이 시작될 때까지 나의 포로가 되는 것이 그다지도 끔찍하다는 건가요?"

고통스러운 미소를 지으며 그녀가 말을 이었다.

"잠시 기다려 보세요."

그녀가 라인하트 옆을 지나갔다. 그는 그녀가 집을 나가는 소리를 들었다.

그는 안도의 숨을 쉬었다. 어떻게 이렇게도 나약하고 바보스러울까? 무섭고 불충한 죄에 빠지지 않고, 아름다운 여자 옆에 두 시간 앉아 있는 것도 못 한단 말인가? 아, 그는 지금까지 온갖 위험과 유혹 그리고 전쟁의 끝없는 고통에서도 사랑하는 그 조그만 얼굴을 지켜왔다. 그런데 이걸 포기한다고? 물론 그의 뜻은 아니지만, 이 도시에 감도는 몰락의 음침하고 달콤한 분위기에 현혹되어 그 조그만 얼굴을 버리고 이 집의 어둠 속에 갇히고 말 것인가? 그 어리석은 유약함으로 이 탈영의 행운마저 위험해진다면 얼마나 어리석은 일인가. 그는 미소 지으며 담배에 불을 붙였다. 그리고 불을

켰다. 그러나 이 어둡고 쓰라린 감정은 따뜻하고 밝은 불빛이 넘쳐나도 달아나지 않았다. 라인하트는 가구들 사이에 매달렸다. 빈틈에도, 램프의 갓을 아래에 두고도 매달려 보았다. 그를 사로잡은 포기의 향기는 달콤했다. 불빛이 너무 아름답게 흘러 들어, 그지없이 부드럽고 아름다운 파리의 고요한 얼굴이 거칠게 변하는 것 같았다. 아련하게 유혹하면서 일몰의 안개에 싸인 얼굴 같았다.

도시에는 전투의 아우성이 계속 만연했다. 이따금 짧은 침묵이 흘렀다. 그리고 나서 다시금 멀리서 희미하게 트럼펫 부는 소리가 높았다. 소음을 듣고 전투가 계속되는 걸 쉽게 알 수 있었다. 전투가 점차 심해지고 확산되는 것을 똑똑히 느꼈다. 회색 군복 군인들의 저항은 사그라들었다. 커튼을 열면 도로에는 생명의 소요가 들끓는 걸 알 수 있었다.

저녁이 천천히 그러나 꾸준히 낮의 마지막 밝은 빛을 파란 그늘로 덮으며 부드럽고 조용히 다가왔다. 마치 밝은 낮의 검은색 누나처럼 사랑스럽고 친절하게 가라 앉았다. 저녁은 실제로 이 아름다운 대도시에 미소를 던지고, 검푸른 커다란 망토로 덮어 씌우듯 내려 앉았다. 이 도시에는 화를 낼 수 없었다. 저녁은 조용하고 사랑으로 가득 찬, 말할 수 없이 부드러운 포옹 같았다. 저녁은 고통으로 소외되고, 그리움으로 울고 또 우는 가여운 이들의 마음을 보듬어주지 않았다.

라인하트는 불을 다시 껐다. 한 순간 퍽 어두운 것 같았다. 그러자 열어 놓은 창에서 마지막 밝은 빛이 온전히 어두운 방 안으로 들어왔다. 창은 마치 어두운 지하실에 선물처럼 켜 놓은 초 한 자루 같았다. 부드러운 붉은 빛이 방으로 흘러 들었다. 이 빛은 왠지 씁쓸하면서 동시에 달콤하고 또한 혼란스러운 저녁의 향 같았다. 공기와 빛은 신작로의 부드러운 가로수 밑에서 함께 어우러졌다. 이 모든 것들이 커튼 뒤에 숨어서 힘겹게 숨을 쉬는 젊은 남자에게 엄청난 영향을 미쳤다. 마치 마음을 주지 않고 노닥거리기만 하는 아름다운 여자의 무시무시한 애무같이 그에게 다가왔다. 그는 신음했다. 그에게서 생명의 피가 철철 흘러 빠져나오는 것 같아 비참했다. 낯선 이 적국의 도시에서 온전히 버려진 것을 느꼈다. 그리고 가장 큰 상처는 이 피할 수 없는 감각의 유혹에 의한 채찍질을 맞아 생긴 거였다. 관능을 숙명적으로 과대 찬양하여 생긴 상처였다. 그는 실체가 없는 게임에 쇠사슬로 묶여 있는 것 같았다.

그는 강하게 뿌리치고 나와 어둠을 뚫고 문으로 가 거칠게 열었다. 그러나 그는 멈췄다. 못에 꼭 박힌 것 같았다. 운명이 그에게 접근해 오는 소리를 들었기 때문이다. 문이 열리더니 그녀의 가벼운 발걸음이 그에게 다가왔다. 그는 복도가 너무 어두워 아무것도 볼 수 없었다. 그는 수천 초가 되는 긴 오후 내내 그녀를 지금처럼 똑바로 본 적이 없음을 깨달았다. 라인하트는 그녀를 온전히 보았고 가슴이 찢겨졌다. 조그만 발자국이 다가왔다. 마치 보이지 않는 억센 힘이 그를 밀기라도 하는 것처럼 그는 벽을 향해 기댔다. 그는 눈을 감은 채 몸 전체에 아픔을 느끼면서 어설프게 손을 뻗었다. 마치 잘못 날아든 새를 잡으려는 것 같았다. 처음 그녀를 부드럽게 어루만졌을 때 그녀도 도망치지 않으리라는 걸 알았다. 그녀의 눈물이 그의 뺨을 타고 흘러내렸다. 그때 그는 어둡고 어두운 밤이 그들에게 떨어지기를 바랐다. 어둠 속 폐허에 둘이 묻히기를 바랐다.

그들은 깨어났다. 두 사람의 한 가운데로 얼음처럼 찬물이 흘러가는 것 같았다. 그들은 서로 낯설고 차가웠다. 그들이 나란히 누워 있는 것이 불길한 꿈 같았다. 우유색의 달빛이 열어놓은 창문을 통해 비웃으며 방 안으로 흘러 들었다. 그녀는 화들짝 놀라면서 얼굴을 돌렸다. 얼굴과 함께 까만 커튼 같은 머리카락 뒤에 숨은 그녀의 본심은 결코 그 답을 알아낼 수 없는 수수께끼일 것 같았다. 라인하트가 일어서서 지친 듯 피곤하게 머리를 만졌다. 오한이 일었다. 혼란하고 이상하게 숨이 막히는 방 안으로 섬뜩하고 무서운 침묵이 들이닥쳤다. 방안에는 절망한 사랑이 독소처럼 빠르게 자라난 것 같았다.

그는 천천히 신발을 신었다. 신발장 밑에 있는 신발은 마치 그를 기다린 것 같았다. 그는 떨고 또 떨었다. 너무 놀라서 몸을 돌릴 수 없었다. 차디찬 이 밤처럼 처참했던 때는 지금껏 없었다. 이 밤의 시간은 낮과 저녁에 있었던 사랑을 모두 비웃는 것 같았다. 낯선 외국 도시에 있는 이 시간, 그는 지극히 위험한 도주를 앞두고 있었다. 그가 아름다운 그녀의 침실에서 살며시 기어 나오자 그녀가 흐느꼈다. 그것은 바로 그가 떠난다는 것을 뜻했다. 이제 떠나야 한다는 것은 가여운 그의 가슴속에 말라붙어 뗄 수 없이 굳건히 자리 잡고 있었다. 아니, 이제 절대 또 다시 몸을 뒤로 돌리면 안됐다. 그는 적막이 깨질까 무서워하는 것처럼, 천천히 조심스럽게 창가로 갔다. 그가 낮은 턱을 넘으려고 할 때, 그녀가 맨발로 걸어오는 낮은 소리가 그를 멈추게 했다. 그는 혈관 속 피가 얼어붙는 걸 느꼈다. 마치 죽은 사람의 맨 얼굴을 봐야 하는 것처럼 떨리고 무서웠다. 그는 재빨리 고개를 돌렸다. 너무 이상했다. 미소 짓는 조그만 꽃봉오리 같은 입을 가진 이 부드러운 얼굴은 전보다 더 사랑스럽고 아름다웠다. 그녀의 얼굴을 보자 저절로 밝고 순진한 미소가 나왔다. 둘은 마치 거울 같았다. 이제 그에게는 그녀를 이성으로 바라보는 욕망이 털 끝만큼도 존재하지 않았다. 그녀의 두 눈이 그에게 부담을 모두 털어 버릴 것을 종용했다. 그리고 조그맣고 가느다란 손으로 작은 종이 꾸러미를 건넸다. 그는 종이 꾸러미를 보지 않고 주머니에 넣었다. 그는 거침없이 그녀의 손을 꽉 잡았다.

"이게 아마 도움이 될 거예요." 그녀가 가녀린 목소리로 말했다.

"슬퍼하지 마요. 우리가 사랑하는 세 사람, 신과 당신 아내와 내 남편은 아마도 우리를 용서할 거예요."

그녀는 그의 이마에 재빨리 부드럽게 키스했다. 그리고 라인하르트는 밖으로 뛰어나갔다. 차가운 달의 얼굴을 향해 걸음을 재촉했다.

하얀 개

경사가 문을 열며 말했다. "저 사람 한번 똑똑히 보세요. 혹시……"

그는 담배를 입에 물고 있었다. 나는 나무침대에 꼼짝 않고 누워 있는 사람에게 다가갔다. 나무침대 뒤의 의자에 웅크리고 앉아 있던 누군가가 얼른 일어나서 "안녕하세요" 하고 말했다. 나는 그 신부를 알아보고 그에게 목례했다.

신부는 누워 있는 사람의 머리맡에 서 있었다. 나는 짜증스럽게 경찰관을 향해 몸을 돌려 타고 있는 담배를 보면서 말했다.

"불을 조금 밝게 할 수 없을까요? 아무 것도 안 보입니다."

경찰관은 의자 위로 올라가 매달린 전등을 끈으로 꽉 묶어 불빛이 이미 굳어버린 사람을 똑바로 비추도록 했다. 이제 온전한 빛으로 시체를 보게 되어 나도 모르게 흠칫 놀라 뒤로 물러섰다. 나는 수많은 시체를 보아왔다. 시체를 볼 때마다 살아있었고, 괴로웠고, 사랑을 했던 한 인간을 보았다는 흥분되는 의식들에 사로잡혔다.

나는 즉시 그가 죽었다는 걸 알았다. 그러나 그것은 의학적인 징후는 아니었다. 나는 그걸 느끼고 또 알고 있었다. 그가 죽었다는 걸 공식적으로 확인하기 위해 내가 불려 온 것이다. 그리하여 나는 흥분되는 마음으로 일을 시작했다. 어떤 의미에서 나는 인간 과학이 비밀을 다루기 위해 사용하는 능숙한 처치를 수행해야 한다는 법적인 의무가 있었다.

누워 있는 사람은 섬뜩해 보였다. 그의 붉은 머리카락은 피와 오물로 물들어 서로 완전히 엉켜 있었다. 나는 두세 곳의 베이고 찔린 상처를 보았다. 얼굴에는 강판처럼 끔찍한 반점이 있었다. 입은 삐뚤어졌으며 창백하고 좁은 코는 함몰되었다. 경직된 두 손은 몸의 옆 쪽에 놓여 있었고 죽어서도 주먹을 꽉 쥐고 있었다. 옷도 더럽고 피가 묻어 얼룩졌다. 누군가 참을 수 없는 분노로 그를 때리고 짓밟고 찔렀다는 걸 알 수 있었다. 그는 동물적인 욕망으로 살해당했다. 나는 용기를 내어 윗옷을 잡고 잠긴 단추를 풀었다. 이상했다. 그의

아인리히 뵐 단편선

피부는 하얗고 아이처럼 부드러웠다. 피와 오물 같은 것은 묻어 있지도 않았다.

경찰관이 느닷없이 내게 몸을 굽혔다. 너무 가까워 그의 숨찬 숨결도 느낄 수 있었다. 죽은 사람을 보면서 그가 무관심하게 말했다.

"근무 시간이 끝났는데, 어떻게 하죠?"

나는 단지 몇 초 동안 그를 응시했다. 내 얼굴이 분노와 증오에 가까운 감정으로 떨리는 걸 느꼈다.

나의 두 눈이 그에게 충분히 답했다고 믿는다. 그는 갑자기 당황한 얼굴로 달콤한 냄새를 풍기는 담배를 입에서 떼었다. 그리고 어슬렁거리며 밖으로 나가다가 문 앞에서 다시 한번 말했다.

"박사님, 그러면 나중에 자세히 말해 주세요."

나는 어쩐지 해방감을 느꼈다. 나는 그제서야 비로소 조사에 착수했다. 내가 그의 가슴에 청진기를 대고, 맥박을 느껴보다니 그 얼마나 멍청한 짓을 했는가! 내가 이렇게 초라하게 망가진 몸에서 하찮은 조사를 했다니 어처구니없다. 그런데 그는 머리에 난 상처로만 죽을 수는 없었다. 그래도 나는 오늘날 흔히 의학에서 쉽게 사용하는 순환기장애나 과로, 영양실조라고 사망진단서를 써야 하는가? 내가 웃었는지 모르겠다. 머리의 상처에서 내가 찾아낸 결과는, 그가 극도

로 고통스러웠겠지만 그것이 죽음의 원인일 수는 없다는 것
이다. 두피를 뚫고 들어가 생긴 상처가 아니었고, 맹목적인
분노로 가해진 상처였다.

이렇듯 황량한 상태에서도 그의 한없이 좁고 하얀 얼굴
은 마치 칼처럼 보였다. 나는 그가 파렴치하고 차가운 녀석
이었다고 생각했다. 그의 상의 단추를 다시 천천히 잠갔다.
그리고 어느새 이마에 피가 묻어 더러워진 곱슬머리를 빗겨
주었다. 그는 웃고 있는 것 같았다. 마치 비웃고 야유하는 것
같았다. 나는 사제를 보았다. 사제는 창백한 얼굴로 말없이
내 옆에 서 있었다. 내가 아는 그는 조용한 사람이었다.

"살인인가요?" 내가 나지막하게 물었다.

그가 머리를 끄떡거렸다. 그러고 나서 나보다 더 나지
막하게 말했다.

"살인자에 대한 살인입니다."

나는 움찔 놀랐다. 그리고 날카롭고 창백한 얼굴을 다
시 한번 응시했다. 얼굴에 고문 받은 게 확실한 상처와 잔인
하게 매 맞은 흉터가 있는데도 웃는 것 같아 보였다. 냉정하
고 교만하게 웃는 것 같아 내 목구멍을 불안하게 짓눌렀다.
어두운 방에 있는 시체에 거친 램프가 잔인하게 비추는 광선
은 몸서리 나는 것이었다. 그 밖에 방 안은 온전히 어둠에 잠
겨있었다. 텅 빈 나무침대와 낡은 의자 두셋 그리고 모르타

르가 부숴져 떨어진 벽들이 있었다. 그리고 절반쯤 찢어진 회색 제복을 입은 이 시체가 있었다.

나는 거의 간청하듯이 신부를 응시했다. 피로와 불안 그리고 역겨움으로 현기증이 났다. 경찰관이 피우던 담배를 내게 주었다. 나는 오후 내내 공복으로 돌아다녔다. 처참한 지옥에서 힘 없고, 도움이 되지도 않고, 무기력하고 우스꽝스럽게 사건에 연루되기도 했다. 나는 매일 죽은 사람을 수없이 많이 보았지만 살인자가 살해당한 것은 이 도시에는 드문 일이었다.

"살인자라고요?" 나는 어안이 벙벙하여 물었다.

신부가 내게 의자를 내밀었다.

"앉으십시오."

나는 그의 말에 순순히 따랐다. 그는 나무침대에 기대어 말을 이었다.

"이 사람을 모르세요? 정말 몰라요?" 신부가 나를 응시했다.

내가 제 정신이 아니라고 의심하는 것 같았다.

"몰라요." 나는 피곤하게 말했다.

"모르는 사람입니다."

신부가 고개를 가로저었다.

"여기 저기 두루 다녔을 터이니 '하얀 개'에 대해서 분명히 들었으리라고 생각했습니다."

나는 크게 놀랐다. 맙소사!

"여기 있는 이 사람이 하얀 개. 아, 이 얼굴!"

나는 이제 신부 옆에 서 있었다. 우리 둘은 일그러진 창백한 시체를 지켜보았다.

"이 사람의 고해성사를 받으셨나요?" 나는 아주 나지막하게 물었다.

나는 꽤 오랫동안 대답을 기다렸다. 신부는 내 말을 들은 것 같지 않았다. 나는 다시 묻고 싶지 않았다. 침묵이 우리를 질식시키는 것 같았다. 그제서야 신부가 대답했다. 몇 분은 충분히 지난 것 같았다.

"아니요. 그러나 그는 할 수도 있었어요. 죽기 전 거의 한 시간 동안 내가 그와 함께 있었기 때문입니다. 그는 엄청나게 흥분해 있었지만 정신은 맑았어요."

신부가 나를 응시했다. 신부는 어쩔 바를 모르고 어루만지려는 듯 시체에 손을 내밀었다. 시체의 어린아이 같은 갸름하고 가여운 얼굴은 충격으로 굳어졌다고 말할 수밖에 없었다. 신부는 절망한 사람처럼 시체의 금발을 뒤로 넘겼다. 그러고 나서 흥분한 상태로 말했다.

"선생님은 나를 미쳤다고 생각할 겁니다. 그러나 그를 데려갈 때까지 그와 함께 있고 싶습니다. 그래요. 그를 아직 혼자 있게 내버려두고 싶지 않습니다. 그의 일생에서 그를 정말로 사랑한 사람은 단 한 명이었고, 그 사람이 그를 배반했습니다. 저를 비웃어도 좋아요. 그러나 우리 모두에게 죄가 있지 않나요? 내가 조금 더 그와 함께 있으면, 그러다 보면 혹시……."

신부가 내 눈을 들여다보는 오기는 제정신이 아닌 것 같았다. 그의 눈은 파란 눈동자를 가지고 있었으며 눈 밑에는 굶주린 듯한 검은 테두리가 흉터처럼 붙어있었다. 나는 신부가 미쳤다고 생각하지 않았다. 그리고 비웃을 생각은 더더욱 없었다. 천만의 말씀이다.

"제가 신부님 옆에 남아 있겠습니다." 내가 말했다.

우리는 주님의 기도와 성모 곡을 부르는 동안 말이 없었다. 침묵속에서 경비실의 큰 웃음소리가 요란하게 들려왔다. 여자들의 욕하는 소리였다. 나는 천천히 돌아가서 램프를 원래 위치에 다시 매달았다. 이제 방 전체가 골고루 희미하고 어두운 빛으로 덮였다. 해괴했던 시체가 다소 부드럽고 덜 굳어 보였으며 거의 살아나는 것 같았다. 이 불빛보다 더 가혹한 것은 없었다. 발가벗은 전등은 그들의 담배와 시체의 얼굴과 피곤한 성적 충동에 어울렸다. 나는 이런 전등 빛이 정말 싫었다.

경비실에서 들려오는 웃음소리는 높았다 낮았다 번갈

아 들려왔다.

신부가 남모르는 충격을 받은 듯 느닷없이 흠칫했다. 끔찍한 기억이 손가락 끝으로 그를 만지는 것처럼 엄습한 것 같았다.

"앉으세요, 선생님." 신부가 조용히 말했다. "그에 대해서 이야기해 드리겠습니다."

나는 다소곳하게 앉았다. 신부는 나무침대에 절반쯤 기댔다. 우리는 죽은 사람에게 등을 돌렸다.

"참으로 이상한 우연입니다." 신부가 이야기를 시작했다.

"그와 나는 1918년 같은 해에 태어났습니다. 그는 내게 모든 걸 이야기했어요. 그러나 저는 그가 내게 말하는지, 자기 자신에게 말하는지 또는 여기에 없는 다른 어떤 사람에게 말하는 건지 알 수 없었습니다. 그는 천장을 바라보며 마치 열병환자처럼 말했습니다. 그는 부모도 몰랐고 학교도 안 다녔으며 여기저기 끌려 다녔습니다. 그의 최초의 기억은 지금껏 아버지로 생각했던 사람을 경찰이 끌고 간 것이었습니다. 그자는 거칠고 비겁한 젊은 사람이었는데 절반은 부랑자고 절반은 도둑이자 노동자로 이곳 교외의 셋집에 살았습니다. 당시는 전쟁과 인플레이션이 한창인 시대였죠.

더러운 방을 상상해 보세요. 이 방에서 언제나 학대받

하인리히 뵐 단편선

는 가난한 여자가 술에 취한 게으르고 비겁한 무뢰한과 함께 살고 있었습니다. 이것이 전부입니다. 선생님도 이런 상황을 아실 것입니다. 그의 아버지가 여러 해 동안 감옥을 전전하게 되어 그의 생활은 조금 안정을 찾게 되었습니다. 이모(늘 흥분하는 미운 이 여자가 그의 이모라는 것을 그 후에 알게 되었습니다)는 공장에 다녔습니다. 경찰은 그를 학교에 다닐 수 있게 하였습니다. 그런데 학교에서 눈에 띄게 비범한 머리로 두각을 나타냈습니다. 선생님, 상상할 수 있겠어요?"

사제가 나를 응시했다.

"이 칼처럼 날카로운 얼굴이 멍청한 교실을 어떻게 토막 냈을까요? 그는 최우수 학생이 되었어요. 그러니까 한 마디로 다른 학생 모두를 뛰어넘었다는 뜻입니다. 그에게는 야망도 있었습니다. 교사들은 그가 고등학교에 진학하길 희망했고 사제도 찬성했습니다. 그러나 그의 이모가 거칠게 화를 내며 반대했습니다. 마치 그를 죽이기라도 할 것 같았습니다. 그 여자는 자신이 살고 있던 해괴하고 저속한 환경에 그를 잡아 두려고 갖가지 일을 다 꾸몄고, 그를 방해할 수 있는 일이라면 뭐든지 했습니다. 양육자로서 권리를 주장했고 그가 집에 있기만 하면 괴롭혔습니다. 그는 절대로 높이 오르면 안됐습니다. 그러나 그의 이모는 선생들과 사제가 단합한 힘을 당해낼 수 없었습니다. 그는 기숙사가 있는 학교에서 무료급식을 받는 영구 장학생이 되었습니다. 그리고 곧 그에게 향한 기대를 모두 뛰어 넘었습니다. 그에겐 어려운 것이 하나도 없었습니다. 그는 라틴어와 희랍어를 배우고 수학과 독일어를 배웠으며 신앙심도 깊었습니다. 그래도 모든 걸 받아들이고 말없이 배우는 겸허한 학생은 결코 아니었습니다. 그는 상상력과 정신력이 풍부했습니다. 종교수업에 대한 그의 지식은 거의 신학에 버금갔습니다. 한마디로 그는 참으로 똑똑했습니다.

그는 자신이 떠났던 환경이 끔찍하고 역겨웠다고만 생각했습니다. 동정심 같은 건 없었으며 그 환경을 생각하면 소름이 끼쳤습니다. 방학도 학교 기숙사에서 보냈습니다. 도서관과 행정실에서는 유용한 것을 얻을 수 있었습니다. 그가 졸업 후 그를 지원하는 교단에 들어간다는 건 의심할 여지가 없었습니다. 그러나 그는 독선적이고 자존심이 강했으며 자의식을 굽힐 줄 몰랐습니다. 한번은 그가 내게 항상 본인도 모르는 사이 모두를 멸시한다는 생각이 들었다고 했습니다. 그는 분노로 이를 갈면서 그의 오만함이 가져온 벌을 받아들였습니다. 그러나 벌을 받는 일은 드물었습니다. 그는 똑똑한 사람이었고 모든 사람을 부끄럽게 만들었으며 많은 걸 용서받았습니다. 단지 누구와 지나친 행동을 하든가 또는 보통의 수준 낮은 학생들을 너무 자주 업신여겨 벌을 받았습니다.

그러나 나이가 들어가면서 세상은 그를 더 유혹했습니다. 부와 명예, 권력, 그는 설레는 마음으로 그것들을 생각했습니다. 그는 열 여섯 살 때부터 마음속으로 교단에 남겠다는 생각을 버렸으나 그 말을 입 밖에 내지 않았습니다. 기숙학교에서 졸업시험을 치르고 싶었기 때문이었습니다. 이런 새로운 생각과 태도에서 나온 지나친 노력 때문에 그의 신앙심으로 진솔했던 모든 것이 녹아버리고 말았습니다. 선생님도 알고 있겠지만, 당시 세계는 정치적 환상을 불러 일으켰습니다. 어떤 면에서는 아무것도 아닌 것에 대해 사회가 열광했습니다. 이런 끔찍한 인생을 아직 매장되지 않은 시체들이 살고 있는 것입니다. 그는 이러한 것들로부터 유혹을 받았습니다. 한편으로 그는 학교 교육을 마치려고 했습니다. 하지만 어릴 때 집에서 받았던 끔찍한 학대는 고스란히 기억 속에 자리 잡고 있었습니다. 그는 대놓고 위선을 부리지 않았지만 계산적이게 되었습니다. 몇 달, 몇 년이 지나는 동안 그 계산은 놀랍게도 그에게 독이 되어, 그는 거의 나쁜 사람이 되었습니다. 아무튼 그는 계산적이게 되면서 신앙심도 잃었습니다.

고등학교를 졸업한 후, 그는 사제들에게 자기의 결심을 분명하게 말했습니다. 물론 어려운 상황을 맞게 되었지만 그는 분연히 극복했습니다. 그리고 모든 다리들을 간단히 끊어 버렸습니다. 그에게는 졸업증명서가 있었지만 무상으로 받았던 이 교육이 교단에 입단할 자격을 주는 것은 아니었습니다. 그는 집과 관계를 모두 끊고 최우수 성적증명서와 미칠 듯이 불타는 명예욕으로 무장한 채 세상에 나갔습니다. 그는 변변히 입을 만한 옷 한 벌도 없었고 돈도 한푼 없었으며, 가진 게 하나도 없었습니다.

그때 그의 동창생 중에 베커라는 친구가 나타났습니다. 부잣집 아들인 베커는 신학대 학생이었습니다. 베커는 그를 금전적으로 지원했습니다. 베커가 스스로 저축하기도 했고 부분적으로는 부모에게서 받았던 돈이었습니다. 그리고 헤롤드는 떠나게 되었습니다. 그건 그렇고 그의 이름이 테오도르 헤롤드인 걸 아세요?"

신부는 긴장하고 나를 지켜보았다.

"내가 어디서 그의 이름을 들었겠어요?" 나는 말없이 고개를 가로 저었다.

경비실에서 여전히 소음이 우리를 집어 삼키듯이 극성을 부렸다. 소음과 절규 …… 이렇게 정신없이 소동을 부리는 사람들은 스스로 죄수복을 입고 혹독한 감옥에 갇힐 수 있는 사람들이다. 사제는 말이 없었다. 사제는 이런 말을 아주 힘들게 하는 것 같았다.

하인리히 뵐 단편선

"이런 걸 모두 이야기해봤자 무슨 소용이 있겠어요? 차라리 기도하지요. 기도합시다. 기도가 우리가 할 수 있는 유일한 것입니다. 그렇지 않아요?"

그는 고통스럽게 내게 눈길을 보냈다. 보이지 않는 부담 때문에 이야기를 그만두겠다고 위협하는 것 같았다. 그러고 나서 손에 깍지를 끼웠다. 그러나 나는 그의 팔을 살며시 잡았다. 나는 호기심에서 이 말을 하게 되었는지 모르겠다.

"이야기를 계속해 주세요. 저는 모두 알고 싶어요. 부탁합니다."

그가 나를 불안하게 쳐다보았다. 나는 그가 제정신이 아니라는 인상을 받았다. 그는 나를 전혀 모르는 사람처럼 쳐다보았다. 내가 누구인가를 기억 속에서 열심히 찾는 것 같았다. 이윽고 그가 머리를 잡았다.

"아, 그렇군요. 미안합니다. 내가 정말."

그가 절망적인 목소리로 말했다. 그는 손으로 무력한 제스처를 취하면서 말을 이었다.

"베커는 헤롤드를 자신의 영향 밑에 두려고 진심으로 바랐던 것 같습니다. 둘은 대학에 다녔습니다. 베커는 가톨릭교의 기숙사 규정 때문에 자유롭게 움직이는 데 제약을 받았지만, 자주 헤롤드를 찾아갔습니다. 그리고 그와 대화하면서 헤롤드가 가슴 속 깊이 파묻어버린 신앙심을 다시 일깨워 주려고 노력했습니다. 그러나 헤롤드는 그의 지원에 예속되지 않았습니다. 그들은 종종 논쟁을 벌였습니다. 당시에 젊은이였던 모든 사람들 사이에 벌어졌던 주제(종교, 민족 등등)로 토론한 것은 분명합니다. 그러나 이런 걸로 두 사람 사이의 우정이 금 가지는 않았습니다. 말하지는 않았지만 헤롤드는 베커를 자기가 경멸하지 않는 유일한 사람으로 존경했습니다. 그는 베커를 사랑했습니다. 다시 말하지만 그의 지원 때문만이 아니라 아무런 조건 없이 그에게 돈을 주었기 때문입니다. 이제 그들의 관계를 대강 짐작하시겠죠. 베커는 아직 은혜를 믿는 열렬한 청년이었습니다. 신학과 학생들은 모두 처음 몇 학기에는 은혜를 믿습니다. 그 후 모르는 사이에 은혜 대신 흔히 주교가 그 자리를 차지합니다.

헤롤드는 대학교에서도 물론 공부를 잘했고 고등학교 때와 마찬가지로 총아였습니다. 그러나 그는 더 경박하고 능력이 없는 동료 대학생들을 경멸했습니다. 그뿐만 아니라, 그가 말했지만 실제로 정신적인 지도자로 생각할 수 없는 교수들도 멸시했습니다. 이와 병행하여 그는 정치에서 경력을 쌓기 시작했습니다. 정당이 과연 머리가 좋은 청년을 그대로 놔둘 것인지 한번 생각해 보세요.

그 후 무서운 일이 일어났습니다. 그는 군인이 되었고 그걸 말릴 방법은 없었습니다. 그는 군대만큼 싫어하는 게 없었습니다. 그는 여기서도 출세하고 장교가 되려고 했기 때문에 이상한 일이 생겼습니다. 장교 세계는 처음에 사회와 인간의 늪에서 가장 어두운 시궁창 출신의 무지하기 이를 데 없는 범죄자들을 받아들였습니다. 그러다가 나중에 사회적인 요구를 갖춘 자들을 후임으로 뽑았습니다. 이런 멍청한 위계질서의 세계에서 그가 낙오된 것은 자연스러운 일이었습니다. 이제 그의 증오는 확고해졌습니다. 이것은 인간 사회에 대한 최초의 선전포고였습니다. 그는 이런 복종을 강요하는 극단적인 정치의 비겁함을 속속들이 알게 되었습니다. 그는 노엽고 분해서 격노의 불꽃으로 부글부글 끓어올랐지만, 그가 이런 굳건한 조직을 이겨내지 못한 것은 물론입니다. 그리하여 우매한 병영생활은 어린 시절의 비참함보다 더욱 끔찍했습니다. 전쟁은 그에게 구원이었습니다. 그는 자의로 어느 한 단체에 가입했습니다. 이 단체는 현실적인 가치를 모두 부정하도록 정신을 교육했습니다. 그리고 우리가 전쟁이라고 부르는 전선에서의 살인을, 열등한 인간을 죽이는 것을 뜻하는 전선 뒤쪽의 살인과 간단하게 동일시했습니다."

사제가 놀라면서 말을 중단하고 두 손을 얼굴로 가지고 갔다. 그는 숨이 가빴다.

"이런 집단에 속한 칼처럼 날카로운 얼굴을 한번 상상해 보세요. 그는 증오로 차 있었습니다. 무관심하고 도도한

하얀 거

이 사회에서 그는 해가 갈수록 더욱 잔인한 전쟁의 압박을 받으면서 지냈습니다. 그는 모든 가치를 부정하는 범죄자의 승리 마차를 앞에서 끌게 되었습니다. 그 음울한 승리의 마차는 곧 썩은 바퀴가 부서지고, 결국 심한 기름내를 풍기며 땅으로 가라앉고 말았습니다.

이것은 분명히 이상한 일입니다. 헤롤드는 자발적으로 선택하여 처음에는 반발했지만 점점 더 깊이 연루되고, 살인을 즐기는 무뢰한들이 서로 연대를 맺으며 충성하는 암울한 감정을 느끼면서 이 환경에 휘말려 들어갔습니다. 그러나 그곳에서도 베커와는 정상적인 관계를 맺고 있었습니다. 베커는 그에게 편지를 보내고 경고도 하고 일깨워 주기도 했습니다. 헤롤드는 심지어 휴가 중에 베커를 찾아갔습니다. 그리고 그의 사제 서품을 축하해줬습니다. 거기서도 베커와 우정을 잇고 있었습니다. 그는 이상할 정도로 수줍은 성격이어서 한 번도 말로 표현하지 못했습니다. 그는 베커를 진정으로 사랑했습니다. 그는 고향에 편지를 쓰고 부족한 물건들을 소포로 보냈습니다. 제가 알기로는 담배, 비누 그리고 기름 등이었습니다. 그러나 자신의 정신적인 상황에 대해서는 한 번도 토로하지 않았습니다. 그들 사이의 종교와 세계관에 대한 토론은 더 이상 없었습니다. 그는 자신이 속한 조직에 어쩔 수 없이 구속되었다고 느꼈습니다. 그는 곧잘 혹독한 회한으로 가득 차게 되었고, 더러운 것이 섞인 피의 강물에 대한 공포로 사로잡혔으며, 짐승 같은 잔인함에 놀랐습니다. 모든 것이 인종, 명예, 절대복종 그리고 조국과 군주라는 지울 수 없는 개념으로 서로 얽혀 있었습니다. 헤롤드는 군에서 장교가 되어 여러 번 부상을 입었으며 표창장을 받고 훈장을 수훈했습니다. 그러나 이 모든 것이 죄에 대한 무서운 감정을 지울 수는 없었습니다. 그는 제정신이 아닌 것 같았습니다. 불안과 증오 그리고 후회가 만든 온갖 혼란 속에서도, 그에게 최악은 베커가 일 년 넘게 연락을 끊어버린 일이었습니다. 그는 그 원인을 완전히 혼란에 빠진 교통사정과 무능한 조직이 빚은 절대적인 혼돈으로 돌렸습니다. 이런 외부적인 사태를 장애물로 삼았지만 마음 속 깊이 베커가 자신에 대해서 더 이상 알고 싶어하지 않는다는 가장 어두운 불안이 자리잡았습니다. 그는 멈출 수 없는 불행한 운명의 종말이 가까워질수록 자신이 더욱더 악해지는 걸 느꼈습니다. 설명할 수 없는 잔인한 행동에 애착이 가는 걸 느꼈습니다. 자신을 도울 수 있는 베커에 대한 생각만이 그를 곧추 세웠습니다. 그는 능란한 계교를 꾸며 러시아 포로수용소를 탈출하여, 러시아 사병의 가짜 증명서를 가지고 러시아군대가 전진하는 전선을 지나서 서방연합군이 점령한 지역으로 밀입국했습니다. 그리고 돈과 물자를 잘 챙겨 폐허가 된 고향을 찾

포인가

아왔습니다. 고향에는 누구도 찾아내지 못할 은신처가 수없이 많아 여기라면 포로로 잡힐 가능성이 낮기 때문이죠. 그는 조심스럽게 베커를 찾기 시작했습니다. 그에게 베커는 구원의 개념이었습니다. 하지만 베커에게서 어떤 도움을 원하는지는 전혀 몰랐고, 그는 완전히 좌절하고 말았습니다. 불안과 권태 그리고 죄로 가득 찬 구정물이 목까지 출렁댔습니다. 그는 자신을 위협하지 않고 또한 부정하지 않는 단 한 사람과 한 번만이라도 말하고 싶었습니다. 베커는 세속의 모든 관습에 반하여 판결을 내리지 않고 비난도 하지 않는 종교를 대표하는 사람이었기 때문입니다. 그는 이 종교를 어린 시절과 청소년기에 진정으로 사랑했고 그 흔적이 지금도 그에게 남아 있었습니다. 그걸 의식하지 못하는 것뿐이었습니다.

그는 상이군인으로 가장하여 절룩거리며 은신처를 떠났습니다. 그리고 이런 형편없는 혼돈 속에서 베커를 찾아내려고 했습니다. 그는 베커가 어느 조그만 도시의 사제라는 것을 알고 있었습니다. 그는 이윽고 미점령군의 자동차로 이 소도시에 도착했습니다. 도시는 파괴되지 않았고 주민들은 지금도 혼돈과 공포에 사로잡혀 있었습니다. 그는 베커를 찾아냈고 행복하게 두근거리는 가슴을 안고 성당에 들어갔습니다.

그러나 베커는 차갑고 무관심했습니다. 그는 일부러 서

신왕래를 끊었던 것입니다. 우정이었던 모든 것이 일시에 죽고 말았습니다. 그리고 베커의 행동도 이상하게 낯설었습니다. 베커가 그를 맞는 모습이 몇 년 전 어쩌다 만났던 사람을 다시 만나는 듯했습니다. 유일한 친구가 맞아주는 차가운 객관성에 헤롤드는 어안이 벙벙했습니다. 그러나 헤롤드의 내면에 어둡게 고여 있는 수많은 고통과 피 그리고 죄가 너무 커서 참을 수 없었습니다. 그는 베커에게 제 속내를 털어 놓았습니다. 편지에는 쓸 수 없었던 모든 걸 이야기했습니다. 그는 이야기를 끝내자 더 이상 어떤 말을 하거나 묻지도 않고 베커만을 무력하게 지켜보았습니다.

헤롤드는 일생에서 이처럼 당황했던 일은 처음이라고 말했습니다. 베커는 그에게 아무 말도 하지 않고 관료적으로 대하는 것 같았습니다. 사제의 본분과 국가에서 봉급을 받는 관리로서 말하는 것 같았습니다. 베커는 자신이 보았고 들었고 경험했던 모든 것에 대해 인간으로서 완전히 무덤덤하게 되었습니다. 후퇴할 때의 공포, 배고픔과 혼돈 그리고 불안과 폭탄에 대해서 둔감하게 되었습니다. 베커는 그에게 두세 마디 빈말과 별로 깊이 생각하지 않은 상투적인 말만 했습니다. 고해성사 후의 관용적으로 건네는 말과 마찬가지였습니다. 신자에게 개별적으로 한 마디를 건네고 보낸 후에, 그 다음 신도를 맞는 그런 형국이었습니다. 물론 베커는 헤롤드에게 더 착한 사람이 되도록 고해하고 기도하라고 조언했습니다!"

사제가 내 어깨를 꽉 잡았다. 그리고 내 피곤한 얼굴을 억지로 그를 향해 돌리게 했다. 사제의 눈이 흥분하여 불을 뿜고 있었다. 흩어지는 파란 불빛이었다. 그의 가엽고 창백한 얼굴이 홍조를 띠었다. 입술도 떨렸다.

우리는 서로 싸우는 사람처럼 마주 보고 서 있었다. 여기 하얀 개의 시체가 있는 나무침대 옆에서 싸우는 사람처럼 서 있었다. 나는 대단히 피곤했다. 그러나 내 마음 속 깊은 곳에는 이 인간에 대한 관심이 거칠게 불타올랐다. 나는 이 사람의 마지막 운명에 대해서 들어야만 했다.

"내 말 들어봐요."

사제가 신음 섞인 말을 이었다.

"나는 그런 일을 수없이 했기 때문에 충분히 상상할 수 있어요. 그 일이 어떠했는가를 자세히 그려낼 수 있습니다. 베커는 이제 헤롤드와 개인적인 관계를 더 이상 유지하지 않았어요. 이런 끔찍한 고통을 대하면서도 그는 직업적인 관료의 냉정함만 보여주었습니다. 아마 그는 고해사제로서 무감각해졌을 것입니다. 맙소사. 몇 년 동안 간통이나 너절한 고해성사만 들었습니다. 의사이시니 잘 이해하리라 믿습니다. 당신에게 시체 하나쯤은 끔찍하지 않겠지요. 전쟁에도 불구하고 시체와 피를 그리 많이 보지 못한 수많은 다른 사람들과 당신은 다른 거죠. 우리 사제들의 경우도 마찬가집니다. 매장하지 않은 시체를 봐도 크게 충격을 받지 않고 인간적인 감동을 느끼지 않는 때가 종종 있어요. 말하자면 품위 있는 사람들의 내면을 한 번도 들여다보지 못한 다른 모든 사람들이 보는 시체와는 다른 겁니다. 그런데 어쩌죠. 베커가 바로 그런 신부였습니다. 그리고 전쟁의 마지막 몇 달 동안 난무했던 악마 같은 광기가 흩날렸습니다. 그러자 무기력한 상태가 지배했습니다. 아무것도 없는 평온한 무의미함이 찾아왔습니다.

베커는 헤롤드에게 냉담했습니다. 아마도 무관심한 것일수도 있고, 무시했다고도 볼 수 있습니다. 헤롤드는 이렇게 말했습니다.

'그는 나를 완전히 무의미한 세계로 돌아가게 했습니다.'

그리하여 이제 헤롤드는 모든 걸 말살시키려는 분노에 빠져들게 되었습니다.

아마도 그를 감시하고 의심했던 사람들이 밀고한 것 같습니다. 경찰이 그를 찾아 다녔고, 그는 은신처를 자주 바꿔야만 했습니다. 말 그대로 폐허 더미 사이를 쫓겨 다녔습니다. 이윽고 시내의 넓은 폐허에서 완전히 파괴된 집 아래에 멀쩡한 지하실을 하나 발견했습니다. 드나들기는 쉽고 발각

되지 않을 지하실이었습니다. 여기서 그는 가눌 길 없는 분노와 불타는 증오로 결박된 채 며칠 동안 생각에 생각을 거듭했습니다. 그러고 나서 하얀 개가 되었습니다. 조력자 몇명을 금세 찾을 수 있었습니다. 그로서는 혼자 있는다는 게가장 무서운 일이었기 때문입니다. 그러나 그는 조력자들을지배하고 업신여겼습니다. 그들은 우선 유흥 시설을 털었습니다. 그 후 헤롤드가 세운 냉정한 계획에 따라 도둑질한 물건으로 능숙하게 암거래를 하여 많은 자금을 모았습니다. 그들은 방을 보급품으로 가득 채워 놓고 무서운 놀이를 시작했습니다. 이런 계획들은 모두 헤롤드가 세웠으며 그는 인정받는 두목이자 재판관이었습니다. 공범들이 가택을 침입하여희생자나 재물을 확보했을 때 그는 비장하고 카리스마 있는존재로 나타났습니다. 그리고 기분에 따라 사형의 방식을 알렸습니다. 총살이나 칼로 찌르기 또는 교살을 선고했습니다. 이따금 그들은 공포감을 주는 습격을 자행했습니다. 두려움에 떨고 있는 사람들에게 계속적인 위협으로 적나라한 공포를 안겨주기 위해서였습니다. 이런 방법으로 그들이 죽인 사람이 스물 세 명입니다. 스물셋이에요."

그 순간 신부가 말을 더듬거렸다.

우리 둘은 깊은 혐오와 혈관 속에 자리잡은 차디찬 공포로 충격 받았다. 그리고 움직이지 않는 시체를 보았다. 시체의 퇴색한 빨간 머리카락은, 어두운 방 안의 피와 오물로 생긴 까만 얼룩 사이에서 희미하고 부드럽게 반짝이고 있었다. 차디찬 얇은 입술은 여전히 미소를 짓고 있었다. 잔인하게 조소하는 모습이 우리의 말을 모두 비웃는 것 같았다. 나는 떨면서 몸을 돌렸다. 그리고 사제가 내 쪽으로 몸을 돌리기를 무서움에 떨며 기다렸다. 나는 검은 유령에게 위협당하는 느낌이 들었고 사제의 인간적인 가여운 얼굴이 내게 위로를 줄 수 있으리라 생각했다. 그러나 사제는 말없이 오랫동안 그 자리에서 죽은 사람을 보고 있었다. 사제가 내 어깨를 가볍게 만졌을 때 그는 나를 놀라게 했다. 나는 생각에 빠졌는지, 아니면 기도를 하고 있었는지 모르겠다. 아니면 불안으로 자신을 잃고 공허한 상태였는지도 모르겠다. 그의 목소리가 부드럽게 울려서 내게 위로가 되었다.

"그가 지금껏 어떤 여자와도 전혀 관계를 맺지 않았다는 건 분명히 비밀 중의 비밀에 속하는 일입니다. 그는 거의 성직자처럼 동정을 지키고 살았습니다. 그런데 여자 때문에 그는 죽었습니다. 그에게 연인이 있었다면 그는 아직 살아있고 더욱 인간적인 사람이 되었을 것입니다. 허약한 인간들이 매달리는 알코올과 담배 같은 죄에 빠져들었어도 살아는 있었을 것입니다. 그는 무섭도록 순결했습니다. 낙원의 어떤 조각도 그를 현혹할 수 없었습니다. 그런데 한 여자가 그를 몰락으로 이끌었습니다. 그가 반대했는데도 조직에 끌려온 여자였습니다. 그가 반대하며 화를 냈지만 그녀는 그 집에 둥지를 틀었습니다. 그는 수많은 살인을 하면서 그녀를 지휘했지만 지배하지는 못했습니다. 그런데 가장 무서운 건이 여자가 그를 사랑했던 일입니다. 여러 달에 거친 헤롤드의 차가운 조소가 그녀를 살인자로 만들었습니다. 그녀는 다른 사람들을 선동했고, 그들은 희생자들에게 하는 것보다 더욱 무서운 분노로 그를 공격했다고 생각됩니다. 기실 지옥도 자기 자신만큼이나 미워하는 것이 없다는 것은 유별나고 무서운 비밀이기 때문입니다. 그들은 그의 살을 갈가리 찢었습니다. 그래도 그를 여기 문 앞에서 발견했을 때만 해도 그는 살아 있었습니다. 그의 가슴 호주머니 안에 쪽지가 하나 들어있었습니다. '하얀 개의 매장을 경찰에 인도함.' 그것은 여자의 필체였습니다."

나는 몸을 돌릴 힘도 없었다. 나는 어쩔 수 없이 더러운 복도를 보았다. 세상에! 내가 배고프고 피곤했나? 나는 처참하다고 느꼈다. 나는 이런 절대적인 공포를 이해할 수 없었다. 나는 완전한 비참함에 빠졌다. 기도도 할 수 없었다. 신부가 이야기하는 뒤에서 나는 세상에서 가장 우울한 폐허에 매장될 것 같은 기분이 들었다. 나 자신에 대한 어둡고 둔감한 불안이 강철처럼 단단한 맹금의 발톱같이 나를 사로잡았다.

그러고 나서 내 입 속에서 이미 산산 조각이 난 것 같은 말이
겨우 나왔다.

"신부님, 신부님은 믿으시나요? 그가……"

그러나 사제는 다시 돌아서서 기도하는 것 같았다. 이
상하게도 나는 몸을 돌려서 다시금 시체를 똑바로 보아야만
했다. 피와 오물로 범벅이 된 변하지 않은 이 시체를……. 나
는 아마도 기도하고 있었는지도 모른다. 그러나 모르겠다.
나는 온통 불안과 고통 그리고 둔중한 예감으로 가득 찬 덩
어리일 뿐이었다.

어이없다. 그들은 무디고 무디지만 필요한 저항도 한다.
그리고 모든 걸 맑은 정신으로 생각하고, 그 생각으로만 무
얼 냉정하게 경험할 수 있다. 이런 사람들 중에서 과연 누가
나의 이런 상태를 글로 설명할 수 있을까?

그러고 나서 느닷없이 소음이 일면서 문이 열렸다. 누
가 우리 머리 위의 집을 부수기 시작하는 것 같은 소리가 울
렸다. 우리는 놀라 정신을 바짝 차리고 몸을 돌렸다. 그때 투
박한 목소리가 들렸다.

"시체를 가져와."

제복을 입은 세 사람이 우리를 보더니 조용히 다가왔
다. 그들이 들어오자 방이 이상하게 밝아지는 것 같았다. 그
들 중 검고 갸름하며 조용한 얼굴을 가진 남자가 나지막하게

말했다.

"안녕하세요."

그가 다른 두 사람에게 몸을 돌리고 말했다.

"자, 시체를 옮깁시다."

그동안 내내 충격으로 정신없는 사람처럼 그들을 멍청하게 보기만 했던 사제가 비로소 정신을 차렸다. 사제가 손을 들어 막으면서 큰 소리로 말했다.

"안돼, 안돼요. 이건 내게 맡기세요."

그는 얼른 몸을 돌리고 여기저기 찢겨나간 시체를 부둥켜 안았다. 그리고 "신부님!" 하고 놀라서 부르는 소리를 듣지 못했다.

그는 죽은 애인을 절망적인 사랑으로 안고 가려는 사람 같아 보였다.

나는 꿈 속에서처럼 따뜻하고 대단히 밝은 경비실을 지나 어둠에 싸인 질퍽한 큰 길로 따라 나갔다. 길에는 눈에 젖어 질퍽한 더러운 진흙더미가 있었다. 밖에는 붕붕 소리를 울리는 자동차 한 대가 대기하고 있었다. 천천히 그리고 깊은 사랑을 안고 신부가 시체를 자동차 뒤쪽 짐칸의 짚 더미 위에 눕혔다. 휘발유와 기름냄새, 전쟁과 공포의 냄새가 났다. 겨울의 잔인한 어둠이 부담스러운 짐처럼 집의 텅 빈 앞면에 걸려 있었다.

"그건 안돼요. 정말 안 됩니다." 한 경찰관이 큰 소리로 말했다.

신부가 자동차에 탔을 때였다. 그들 중 세 번째 사람이 손으로 이마를 만지며 안 된다고 했다. 검은 옷을 입은 신부는 괴로운 미소를 짓고 거기에 말없이 서 있는 것 같았다.

신부가 나에게 가까이 오라고 손짓했다. 붕붕대는 자동차 모터 소리가 더 커져갔지만 그가 비밀인 것처럼 나지막하게 속삭이는 소리는 들을 수 있었다.

"그는 여전히 울고 있어요. 내가 눈물을 닦아주었습니다. 선생님이 오기 전이었어요. 왜냐하면 그 눈물은……."

그러나 그가 힘차게 올라탈 때 자동차가 갑자기 그곳을 쏜살같이 떠났다. 나는 까만 모습이 불편한 몸짓을 하는 것만 보았다. 이 모습은 자동차와 함께 파괴된 도시의 어둡고 차디찬 심연으로 끌려가고 있었다.

베르코보 다리 이야기

그 무렵에는 이 다리 이야기를 많이 했다. 사람들은 이 다리를 저주했고 눈물도 흘렸다. 그러나 몇몇 사람들은 웃었으며 대부분의 사람들은 이 다리에 무관심했다. 그리하여 전쟁 중에 일어났던 수많은 사건에 그냥 끼어 넣게 되었고 결국 이 이야기는 완전히 잊히고 말았다. 더구나 이 다리가 군사적으로나 역사적으로 그다지 중요하지 않았기 때문이다.

그러나 나는 지금 결정적인 그날 현장에서 일어났던 사건을 이야기할 의무를 느낀다. 그리고 사건을 순서대로 되도록 정확하게 글로 남기기로 마음먹었다. 그날 그곳에서 중요한 역할을 했던 사람 중에서 나만 살아남았다고 짐작하기 때문이다. 나는 슈누어와 슈나이더가 전사한 걸 알고 있다. 그리고 그들과 대립했던 제3공병연대 참모부의 소위도 역시 그 후 전쟁의 마지막 몇 달 사이에 전사했다고 추측한다. 그를 찾아다녔지만 허사였다. 그가 포로가 되었는지 행방불명인지 또는 구제불능상태에 빠졌는지 그건 모르겠다. 그러나 그가 분별력 있고 유능하고 호감이 가는 군인인 건 분명하다. 그래도 당시 흔했던 파괴라는 독소에 몸을 던지지 않았다고 말할 수 없다. 또한 과거와는 아무 연관 없이, 어디서 운명을 벗어난 고통에 시달리며 버겁게 살아간다고 아무도 말할 수 없다.

나는 순서를 엄격하게 지킬 생각에서 먼저 건설작업배치본부 동남지부로부터 베르코보 다리 건설 책임을 맡으라는 명령을 받은 그날부터 쓰기 시작해야겠다. 오히려 다리 재건축이라는 말이 더 좋겠다. 크리스마스가 며칠 지난 날이었다. 그 무렵 내 의지와는 상관없이 건설예비인력본부에서 빈둥거리고 있었다. 드디어 할 일이 생겼을 때 나는 대단히 행복했다. 우선 건설계획에 대한 설명을 요구했다. 그러고 나서 나는 온전히 계획대로 일을 진행했다. 베르코보 다리는 1941년 소련군이 후퇴하면서 마지막 부대가 폭파했다. 독일군이 도착하기 직전의 일이었다. 그 후 베르코보 다리의 재건은 논의되지 않았다. 조그만 마을 베르코보가 군사 작전과 점령지역 정책면 모두에서 전혀 중요하지 않았기 때문이다.

더구나 이 다리는 보급로의 대상에도 끼지 못했다. 전쟁과 점령시기에 이 다리에서 2킬로미터 떨어진 베레지나 강 위에 전쟁용 다리를 세웠고 이 다리를 보강하여 보급로로 사용했던 것이다. 당시 건설작업배치본부 동남지부와 해당 군당국은 베르코보 다리에 필요할 자재를 이 전쟁용 다리의 완공에 사용하는 게 훨씬 효율적이라고 생각했다. 이미 말했지만 이 조그만 마을은 전혀 중요하지 않았다. 전쟁 중 이 마을에서는 단지 한 경비대대의 중대가 숙박했다. 이 중대는 후방의 빨치산 활동을 감시하고 방지할 임무를 수행하고 있었다.

여기까지가 베르코보 다리에 대해서 먼저 밝혀야 할 이야기다.

1943년 크리스마스가 지난 며칠 후 나는 서면으로 다리를 재건하라는 명령을 받았다. 나는 노동력과 자재를 계산하여 요구한 대로 확보했다. 그리고 첫 번째 현장조사에서 다음과 같은 사실을 알게 되었다. 이곳의 조그만 베레지나 강은 폭이 80미터이고 강물 속에 지금도 시멘트 기둥이 있으며 대부분 손상되지 않았다. 반면 다리 자체는 고도의 기술로 폭파되었고 2년 반 동안 홍수로 떠내려갔다. 조그만 베르코보 마을에는 열 채의 집이 있었다. 그 중 다섯 채는 사람이 살고 있거나 살 수 있는 집이었고 나머지 집들은 오랫동안 사용하지 않는 폐가였다. 이런 집의 목조는 경비중대 군인들이 쪼개서 난로에 불을 피우던가 음식 짓는 데 사용했다. 거기서 내가 필요한 측량과 계산을 하던 무렵 경비중대 군인들이 네 채의 집에 나뉘어 살고 있었다. 그들은 그 동네에서 다소 따분하고 의미없는 군 생활을 이어갔다. 마지막 다섯 번째 집에는 늙은 소련여자가 딸과 함께 살고 있었다. 두 여자는 군인들을 위해 음식을 만들고 세탁과 청소를 했다. 그 밖에 어떻게 시작했는지 알 수 없는 술집을 운영했다. 술과 와인 그리고 음식을 팔았다.

이윽고 나는 조그만 공동묘지를 발견했다. 여러 해 지나는 동안 군 복무 중에 사망하거나 전사한 군인들을 매장한 묘지였다. 그러나 당시 무덤을 다시 파내어 시체를 계획된 영웅 묘지로 이장하라는 명령이 하달되었다.

나는 절친한 두 동료 슈누어와 슈나이더와 함께 필요한 측량과 계산을 하는 데 사흘이 채 걸리지 않았다. 첫 번째 건설현장답사에서 나는 기존의 시멘트 교각을 이용할 계획이었다. 이 교각에 철 구조물과 나무 구조물을 덮어 다리를 세울 작정이었다. 그러면 오랫동안 지속되지는 않지만 대략 3개월 동안 중무장한 부대의 큰 이동도 견딜 수 있다. 건설작업배치본부 동남지부는 전면 후퇴 때에나 필요한 다리라고 말했다. 남동쪽으로 2킬로미터 떨어진 곳의 다리가 정체를 이기지 못할 때를 고려했던 것이다.

이건 그리 달가운 임무가 아니었다. 결국 폭파하기로 정해진 다리를 짓는 게 명백하기 때문이다. 다른 예술 분야에서는 일시적인 게 흔한 반면, 우리 건축기술자의 작업은 대체로 영구성을 추구한다. 그리하여 우리는 측량하고 계산하는 일에 그리 신명이 나지 않았다. 그러나 다른 한편으로는 건설예비인력본부에서 지루하게 기다리던 시간을 벗어난 게 기뻤다.

내게 내린 명령에 따르면 늦어도 14일 이내에 건축을 완료해야 했다. 일할 날을 3천 일로 계산하여 250명을 고용했다. 이런 건설작업에는 일하지 못할 때가 비교적 많다. 기계의 마모 등 언제나 일을 방해하는 여러 가지 경우를 고려해야 한다. 그 밖에 일꾼들에게 음식을 마련하고 그들을 보호하고 감독하는 데 적어도 50명이 필요했다. 그들은 위생과 경비 그리고 취사에 필요한 인력이다. 그 밖에 어떤 자재도 모자라지 않게 충분히 공급되어야 한다는 전제조건도 있었다. 마지막으로 처음 며칠 동안은 남아 있는 다리의 작은 잔해를 철거할 공병대 소속 폭파전문가가 필요했다.

이 모든 계산과 측량 등을 나와 슈나이더 그리고 슈누어 셋이서 3일만에 끝냈다. 처음 베르코보에 머무는 동안 우리는 경비병들이 대단히 타락했고 매우 비윤리적이라는 걸 알았다. 그들은 중년의 소위와 두 상사의 지휘를 받고 있었다. 전면적인 후퇴가 임박했다는 널리 퍼진 소문을 당시 더 이상 막아낼 수 없었다. 이 조그만 마을에도 그 소문이 밀려 들어왔고 도덕은 날로 쇠퇴해 갔다.

옛날 지도를 보고 길을 잘 못 들어 다리로 온 부대가 있었다. 그리고 식량보급차량과 지휘를 잘못 받은 부대가 자주 왔다. 당시 사람들이 수근 거리는 말들은 한마디로 냉소적이었다. "가능하면 도망가라!" 또한 놀랍고 진부한 격언은 이런 것이다. "전쟁을 즐겨라! 평화는 무서운 것이다." 이 두 가지 말은 경비중대의 공공연한 좌우명이 되었다. 또한 경비중대는 매일 부대이동을 대기하고 있었다. 그리고 금발의 거친 피부를 가진 술집 주인의 딸과 공공연히 잠자리에 들었다. 게다가 다른 여자들도 있었고, 나는 그걸 직접 보기도 했다. 나는 군복과 무기를 여기저기 돌아다니는 소련 사람들에게 비싼 값에 파는 걸 직접 보았다. 소련 사람들은 자루에 돈을 가지고 와서 비밀리에 물건을 옮겨갔다. 그들은 매일 밤 술판을 벌였다. 이따금 소위가 조금이라도 반대하려고 하면 그들은 소위의 침대에 그곳에서 가장 예쁜 여자를 들게 하고 일찍 취하게 하는 것으로 그를 진정시켰다.

군인들은 이런 과정에서도 스스로 이상한 슬픔에 잠기게 되었다. 슬픔은 아마도 어느정도 남아있는 품위를 암시한다. 품위 있는 군인은 실제로 신뢰를 많이 받는다고 말해도 된다. 꽤 많은 군인이 이런 술판을 멀리 했다는 말을 덧붙여야겠다. 술 취한 두 사람은 분별력 있는 2백 명의 사람보다 더 시끄럽기 마련이다. 술판에 직접 끼지 않은 사람들은 그래서 이를 조금도 반대하지 못했다. 그들은 모두 무서운 병에 걸려있었다. 체념이라는 병이다.

나는 상급부대와 연락이 닿자 이 모든 것들을 낱낱이 규정대로 보고했다. 나는 내가 관찰한 바를 입증하기가 대단히 어렵다는 걸 알고 있었다. 그 무렵에는 후퇴하는 부대가 부정하게 수취한 물건을 신고하지 않고 사용하는 게 보통이었기 때문이다. 그 밖에 나는 돌아온 즉시 건설계획과 계산서를 제출했다. 이는 다시 자재부와 인적 자원부로 보내졌다. 참모본부는 우리의 놀라운 실천력과 활동력, 그리고 작업이 개시된 사실을 기뻐했다. 요구했던 자재와 인력을 8일 후에 공급받아 차에 싣고 출발했다. 그 밖에 이동식 막사 네 개를 일꾼들의 숙소로 지원받았다. 그러나 그건 도착하고 보니 쓸데없는 것이었다. 금세 경비중대가 이동하여 그 숙소를 우리가 사용하게 되었기 때문이다. 그러나 이동형 막사를 다시 돌려보내는 건 무의미하기에 그 덕분에 우리는 다리를 건설하는 동안 더 편하게 지낼 수 있었다.

남부군의 두 기갑부대가 갑자기 대단히 중요한 목표물

두 개를 방어하라는 명령을 받았다. 두 부대는 우리와 남북으로 대략 200미터 떨어진 곳에 진을 치고 있었다. 탱크부대는 진격하는 소련군이 우리의 뒤에서 공격하기도 하고 강의 다른 쪽에서 습격할 수도 있어 이걸 방어해야 했다. 드디어 작은 부대 하나가 바로 우리 뒤에 전열을 가다듬게 되었다. 그리하여 우리는 교두보로 보호를 받으면서 정해진 날짜에 계획대로 작업을 시작할 수 있었다.

여기서 덧붙일 말이 있다. 우리들 사이에는 불안이 적지 않았다는 것이다. 경비중대가 철수했다는 것은 이 지역이 다시금 전쟁터가 되었다는 뜻이다. 실제로 며칠 후부터 소란스러운 전투 소리가 비교적 가까운 데서 들리다가 다시 멀리서 들리는 때가 있었다. 우리가 거의 최전방에 있다는 뜻이었다.

그러나 모든 게 계획대로 진행되었다. 인력손실과 자재유실, 예측할 수 없는 건축현장의 장애나 비 또는 큰 추위가 닥치는 것 등 이미 예상했던 피치 못할 경우를 포함해서 말이다. 부숴지리라고 생각했던 기존 교각은 더 튼튼하다는 게 증명되었다. 우리가 처음 실사할 때는 보트가 없었기 때문에 가까이에서 감정할 수 없었던 것이다. 그러나 모두 짐작했던 일이었으며 우리 작업은 순조롭게 진행되었다. 나는 적시에 늙은 술집 주모와 딸 그리고 그 일당을 체포하게 했다. 그

하인리히 뵐 단편선

리고 감독을 받는 매춘부들을 요구했는데 그들도 제시간에 도착해 한 집에 묵게 했다. 심지어 술과 담배의 공급도 성사 시켰다. 우리는 해를 거듭하면서 이런 하찮은 물건들이 어떤 프로젝트에서나 귀중한 촉진제라는 걸 알게 되었다. 결국 여러 나라에서 온 강제노동자들에게서 어떤 감동이나 일에 대한 기쁜 마음을 기대할 수 없다. 적어도 겉으로라도 그들에게 어떤 물질적 이득이 있다는 걸 보여주어야 한다.

14일로 예정된 건축 기간에 맞춰 일이 계획대로 진행되고 있었다. 여기서 보급품 차량기사가 매일 가지고 오던 소문을 말해야겠다. 전면 후퇴(도주라는 단어를 사용할 때도 있었다)가 완전히 진행되어 대부분의 부대가 이미 베레지나 강 오른쪽 언덕을 점령했고. 적의 주력부대를 그 빈터로 밀어 넣을 계획인 것 같았다. 그리하여 남동쪽 다리 하나만으로도 후퇴에 충분하다고 보는 것이었다. 군의 사기를 꺾는 갖가지 말들이 난무했는데, 나는 경찰에 신고해야 할 만큼의 반란이 아니라면 대체로 귀를 막았다. 나는 참모부와 계속 전화를 주고받으며 작업 진행과정을 보고했다. 그리고 다리 완공을 지체할 이유가 없어서 퍽 만족했다. 이미 말했지만 작업이 모두 계획대로 진척되었기 때문이다.

그러나 나는 진실만을 말하기로 했기 때문에 이 정도로 제한하겠다. 전장의 소리에 나는 은근히 불안했다. 처음 8일이 지나자 소란은 비교적 가까운 데서 들려왔다. 그날부터 점점 더 가까워져 이따금 우리 건설현장 오른쪽에 있는 강 언덕까지 가까워지는 것 같아 무서웠다.

　나는 가끔 혼자 오는 병사들이 다리를 건널 수 있게 했다. 물론 그들에게 증명서가 있든가 또는 책임질 상사가 동행했을 때에만 허가했다. 나는 피곤에 지친 군인들에게 동정심이 일었고 또한 쓸데없이 강 위쪽으로 2킬로미터 더 가게 하고 싶지 않았다. 그러나 지휘자가 없는 낙오병 그룹이나 부대를 이탈했다는 군인은 모두 아주 혹독하게 강 위쪽 다리로 보냈다. 거기서는 어떤 군인이나 철저하게 조사했다. 그리고 무작정 도주하는 군인과 도망병은 한 명도 다리를 건너지 못하게 했다. 그걸 내가 알고 있었던 것이다. 처음 10일 동안 나는 대략 8개 부대가 다리를 건너게 했다. 그들 중 장교들이 보인 어두운 침묵은 나의 내면에 도사리고 있던 비관을 확고하게 했다. 물론 겉으로는 내보이지 않았다. 나는 기한 내 완공하라고 강조하는 건설작업배치본부 동남지부와 매일 전화로 연결되어 있다는 사실에서 책임을 벗어나려고 했다.

　이렇게 건설완공이 예정된 마지막 날까지 순조롭게 진행되고 있었다. 완공을 이틀 앞두고는 기존의 교각 위에 완성해 놓은 구조물에 모르타르를 칠한 두꺼운 널빤지를 특수

한 나사못으로 단단히 고정시켜 덮는 작업을 시작했다. 이 널빤지는 어떤 무거운 차량이나 대포도 그 위를 건널 수 있게 만들어진 것이다. 마지막 날에도 작업이 잘 진행되었다. 목표에 가까이 왔다는 사실이 사람들에게 힘을 주었다. 그리고 곧 위험한 지역을 떠난다는 생각이 그들을 고무시켰다. 이제 멀리서 들려오는, 후퇴하면서 벌어지는 전투의 소리가 밤낮으로 이어졌다. 다리에 덮을 널빤지의 절반을 강 건너 쪽으로 옮겼다. 이건 나로서는 모험이었다. 그러나 깊이 생각한 끝에 이 조치가 성공한다고 믿었다. 마지막 날 두 방향에서 다리에 널빤지를 깔기 시작할 수 있었기 때문이다. 나는 이 작업을 독려하기 위해 두 팀의 경쟁을 부추겼다. 물론 그들은 이미 일을 빨리 끝내려고 기세를 올렸다. 그러나 나는 오랜 경험을 통해 경쟁자들이 서로 열심히 겨루는 것이 반드시 필요하다는 걸 알고 있었다. 지금 남아있는 인력 중에서 120명을 두 팀으로 나누어, 슈누어와 슈나이더가 각각 60명씩 맡아 이 작업을 지휘하게 했다. 나머지 인력은 80명이었다. 그 밖에 다른 인력은 모두 예상한 대로 사라지고 말았다. 이 80명에게 남아있는 건축자재와 연장 그리고 부엌도구 등을 싣게 했다. 건설작업배치본부 동남지부에 다리 완공과 철수준비완료를 동시에 보고하는 게 내 명예라고 생각했다.

마지막 날 정오 경 나는 작업인력이 서로 친해진 걸 알고 편한 마음으로 휴식시간을 30분 연장했다(그러나 그 후 확인했지만 단원들의 뜻과는 전혀 반대였다. 그들은 쉬지 않고 일을 끝내려고 했다. 점점 위험이 더해가는 국면을 피하고 싶었던 것이다). 그들이 열심히 일하여 피곤한 게 나로서는 매우 기분이 좋았다. 그리고 내가 계산을 잘하여, 훌륭한 건축물이 기간에 맞추어 빨리 완성단계까지 왔다는 자랑스러운 의식이 나를 사로잡았다. 건설본부에서 온 두세 사람과 함께 내 작업을 검열했던 건설실사 팀은 내가 일등 공로훈장을 수훈할 게 확실하다고 알려주었다.

휴식 후 작업은 빨리 진척되었다. 자재를 싣는 일도 진전이 좋았다. 나는 이미 자동차 몇 대를 출발시켰다.

그러나 전투소란은 여전히 계속되었다. 이제는 더 가까운 한 곳에 집중해 위협을 가하는 것 같았다. 폭발하고 발사하는 중화기에서 들리는 소리는 마치 힘으로 문을 열려고 할 때 조급하게 연달아 두드리는 소음과 진배없었다. 보병 무기의 발사소리와 탱크가 붕붕대는 소리를 포함하여 이 모든 소란은 우리가 마지막으로 일하는 몇 시간 동안 줄곧 들려왔다. 하지만 우리의 작업은 조금도 방해받지 않았다. 그러나 우리를 보호해 주던 탱크부대가 아무 명령을 받지 않고도 출발 준비를 했다. 이건 나중에 내가 알게 된 사실이었다. 중위와 대위 두 지휘관은 말없이 건설현장을 줄곧 주시했다. 아마도 그들이 도망갈 시간을 확정할 셈이었으리라.

대략 3시쯤 젊은 공병 소위가 두 사병과 함께 험한 길도 달릴 수 있는 자동차를 타고 왔다. 나는 매우 놀랐다. 호감이 가는 신중한 이 젊은이는 다리를 4시에 폭파하라는 명령을 받았다고 말했다. 그는 명령서를 보여주며 새 군사작전에 대해 충분하게 설명했다. 강의 반대편 언덕에 있었던 부대들은 거의 후퇴했다. 비교적 큰 부대 하나만 수많은 적의 눈을 끌어서 속임수로 큰 반격이 있다는 인상을 줄 임무를 맡았다. 그러고 나서 소위가 내게 은밀하게 말했다. 이 부대를 비밀리에 포기했다는 것이다. 어떤 상황이라도 4시에 두 다리를 폭파하라는 명령이 내려진 것이었다.

적의 두 주력부대가 다리에 각각 도착할 시간은 늦어도 4시 30분경이라고 짐작했다. 육군지휘부는 아직 저쪽에서 싸우고 있는 부대가 후퇴할 때 두 다리를 사용하도록 방치할 수 없었다. 두 다리가 적의 수중에 들어갈 경우 적의 진격이 유리해질 위험이 있다는 것이다.

결국 늦어도 4시에 다리를 폭파하라는 명령이 내려졌던 것이다. 경우에 따라서는 더 일찍 폭할 수도 있었으나 적의 부대가 가까이에 보일 때만 폭파할 계획이었다. 하지만 우리의 경우 베레지나 강의 오른쪽 숲이 강 언덕까지 뻗쳐 있었기 때문에 불리한 상황이었다.

　나는 젊은 소위와 함께 우선 거의 완성된 다리를 시찰했다. 소위는 3시 15분의 첫 시찰에서 폭약을 설치하기 좋은 장소를 찾으려고 했다. 그는 다리의 건설상태를 보고 매우 놀랐다. 그리고 그가 알고 있던 정보를 자세히 설명했다. 저쪽에서 전쟁 중인 부대의 참모진에게도 베르코보 다리가 대략 일주일 후에나 완공된다고 알렸다는 것이며, 지금껏 어떤 부대도 함께 다리를 건너갈 엄두를 내지 않았다는 것이다. 하지만 지금 다리는 기계화 부대도 건너갈 수 있는 상태였고 나는 다리 사용을 거절할 생각이 전혀 없었다.

　나는 즉시 사무실로 돌아왔다. 소위가 보는 앞에서 정신없이 건설작업배치본부에 전화했다. 본부는 폭파에 대해서 모르고 있었다. 명령을 취소할 때까지 건설작업을 계속하라고 했다. 그런 다음 전화 연결에 방해가 심해서 동남지부 최고사령부에 전화하는 데 거의 30분이 걸렸다. 소위에게 내린 명령을 확인하기 위한 전화였다.

　내 입장이 이상하다는 생각이 들었다. 소위의 말이 모두 확실하다고 생각했기 때문이다. 나는 작업을 끝내려고 안간 힘을 썼다. 그러나 다른 한편으로는 부하들의 생명을 명령받은 것보다 단 일 분이라도 더 위태롭게 하고 싶지 않았다. 나는 다시금 건설작업배치본부와 전화연결을 가졌다. 건설작업배치본부와 최고사령부는 같은 곳에 있었다. 서쪽으로 대략 200킬로미터 떨어진 지역이었다. 본부장은 꽤 조급한 목소리로 원래대로 계속 건설하라고 명령했다. 그는 상황이 아무리 힘들지라도 우리의 원칙을 포기해서는 안 된다고 말했다. 그러고 나서 덧붙여 말했다. 매 순간 사령부와 전화 연결을 기다린다고 했다. 사령부에서 소위에게 내린 명령을 확인한다는 것이었다. 그는 수화기를 내려놓았다. 4시 10분 전이었다. 4시에 다리를 완공하기로 했고, 반대편 강둑에는 불안한 고요가 지배했다. 다리는 75센티미터 틈새를 빼고는 다 완성되었고 4시 정각에 맞춰 완공될 것이었다. 지금껏 내 계획에는 결점이 하나도 없다는 게 증명되었다. 나는 마지막으로 다시금 널빤지와 나사못이 견고한가를 점검했다. 금세 남은 건축자재는 모두 실렸다. 작업인력을 실을 빈 트럭 몇 대만이 준비되어 시동을 걸어놓은 상태였다. 내가 4시 5분에 모두 출발하라고 명령했기 때문이다.

슈나이더 팀에서 두 사람이 4시 4분 전 마지막 나사를 조립했다. 그 와중에, 소위가 이미 폭파 장전을 설치하고 도화선과 연결하기 시작했다. 소위가 4시 1분 전에 직접 다리 한 가운데로 들어갔다. 거기서 나는 마지막 널빤지를 함께 조립하고 있었다. 소위는 이 널빤지에 나사못을 조이지 말아달라고 부탁했다. 바로 이 곳이 폭파장전을 설치하기에 아주 좋기 때문이라는 것이다. 그러나 나는 단호했다. 나는 상사에게서 우리 원칙을 고수하라는 엄명을 받았던 것이다. 중위는 어깨를 움찔하고 가 버렸다. 나는 다시금 다리에 눈길을 보냈다. 그러고 나서 슈누어와 슈나이더 그리고 남은 건설인력과 함께 현장의 가건물로 갔다. 베르코보 다리 완공을 정확한 시간에 맞춰 알리기 위해서였다.

그런데 그때 아주 끔찍한 일이 벌어졌다. 숨죽이는 이 정적 가운데 반대편 숲에서 도망치는 군인들이 보였다. 그들 중 일부는 부상병을 부축했다. 또한 기진맥진했지만 혼자서 오는 군인들도 있었다. 거리가 가까워 그들의 얼굴에 나타나는 피로를 읽을 수 있었다. 자동차들도 숲 속에서 나왔다. 온통 불안과 무질서의 도주였다. 숲에서 나오는 사람의 숫자는 더 늘어만 갔다. 그들은 대단히 빠르게 다리로 접근했다. 다리는 그들에겐 진실로 예수 그리스도 같은 희망으로 비쳤다. 나는 난간의 가장 높은 곳에 다리완공을 축하하기 위해서 나치독일의 십자가를 단 막대를 세우게 했다.

소위는 자기 팀을 데리고 다리에서 급히 내려왔다. 어깨를 움찔거리며 내게 손목시계를 보였다. 4시 5초 전이었다. 그리고 다른 손으로 도망가는 군인을 향해 발포하는 소련 탱크 몇 대를 가리켰다. 탱크는 위협적으로 다리를 향해 접근했다.

도화선이 불붙는 것을 보자 나는 사무실로 뛰어 들어갔다. 서둘러 동남지부와 전화연결을 시도했다. 내 말이 전해지기도 전에 전화기에 신호가 왔다. 나는 수화기를 들어 사령관의 목소리를 들었다. 다리 건설은 즉시 중단이었다. 그가 수화기를 놓으려고 할 때 나는 큰 소리로 공식적인 보고를 했다.

"다리 건설을 일 분도 어기지 않고 명령대로 완공했습니다."

그러나 그는 더 이상 듣지 않았다. 이제 나는 다리가 폭파되는 거친 폭음으로 귀가 먹을 지경이었다. 그리고 나서 나는 차로 간 다음 다른 사람들에게도 출발하라고 명령했다. 하지만 아무도 내게서 베르코보 다리가 폭파되고 난 후의 모습에 대해서 듣지 못했다. 소련 탱크가 베르코보 마을의 집에 발포했지만 나는 뒤를 돌아보지 않았기 때문이다. 그러나 나는 이따금 그들을 본다고 생각한다. 녹초가 되어 도망가던 그들은 마지막까지 저항했다. 그리고 명령에 복종하여 우리를 보호했다. 나는 그들을 실제로는 보지 못했다. 그러나 나는 도망가는 그들의 얼굴에서 죽음과 포로가 되는 것에 대한 공포를 보았다. 그리고 우리에 대한 증오도 보았다. 우리는 주어진 의무만 다했지 다른 건 하나도 안 했다.

실락원

엉클어진 덤불 속에서는 옛 길을 거의 찾을 수 없었다. 어디가 어딘지 전혀 알 수 없는 곳들도 있었다. 담장에는 구멍이 나서 그리로 아무나 드나들고 있었다. 무성한 덤불은 밟히고 말라서 썩어있었다. 새 덤불이 빽빽한 정글처럼 자라나 사람이 다니기 어려웠다. 집 위편으로는 사람들이 마구 다녀서 그런지 전에 없던 길들이 여럿 생겼다. 반원형으로 공원을 에워 싼 굽은 길은 거의 다닐 수 없었다. 잔디는 공원의 가장자리에서 중앙까지 퍼졌고, 새 잔디밭에는 라일락과 회양목 그리고 말오줌나무가 새싹을 마음껏 무성하게 피웠다. 썩은 벤치는 나뭇잎으로 덮여 있었다. 굽은 길의 가장 높은 곳에 있는 분수대는 이끼가 끼고 오물과 양철 깡통으로 가득 차 있었다. 습한 봄 날씨인데도 분수대는 습기의 흔적 없이 말라 있었으며, 누군가 돌을 세게 던져서 물이 나오는 부분이 휘어졌다. 나는 아이들이 장난치던 흔적을 찾아냈다. 아이들은 분수대에 있는 진흙을 파서 구멍을 냈고 그 밑바닥에는 녹색 물이 무겁게 고여 있었다. 또한 나는 그제서야 자갈이 흩어져 있던 공원이 파헤쳐져 그 위에 무엇인가 심어져 있는 것을 보았다. 돌과 쓸린 자갈은 분수대에 쌓여 있었다. 초라하게 고친 담 주변에는 겨우내 썩어들어간 흉물스러운 배추 몇 포기와 말라버린 콩 덩굴에 감긴 수도관이 있었다. 그리고 가끔 쓰이는 양철 물통이 서너 개 있었다. 물통의 녹색 물은 악취가 났다. 분수대 밑 바닥에 고여 있는 물과 비슷했다.

이윽고 나는 한 사람을 발견했다. 농기구를 보관하는 창고 뒤에 한 노인이 상자 위에 앉아 있었다. 무릎 사이에 삽을 받치고 입에는 파이프를 물고 있었다. 귀향하던 날 부드럽고 뿌옇던 오후, 나는 실로 사람이 그리웠지만 실제로 누군가 내 앞에 나타나자 적잖이 놀라 몇 발자국 뒤로 물러났다. 창고에 가려져서 그는 나를 보지 못했다. 나는 그제서야 비로소 주위를 살펴보았다.

여기서는 공원의 옛 모습을 잘 알아볼 수 있었다. 하얀 자갈이 깔린 반원모양으로 굽은 길은 초라한 담장으로 끊어졌다. 또한 구멍이 난 조그만 함석판도 길을 끊었다. 함석판은 녹슬어서 휘어지고 부서질 것 같았다. 가스파이프와 너도밤나무 가지도 큰 길을 갈라놓았다. 그러나 이 장소는 부드럽고 힘찬 완성의 미를 간직하고 있었다. 그러나 예전에 말짱하게 다듬어져 있던 가장자리의 덤불은 끊기고, 타버리고, 밟혀서 망가졌다. 고고학자들은 땅 속에 파 묻혀 있던 것은 수천 년이 지나도 쉽게 파괴되지 않는다고 말한다. 그리하여 이토록 아름답게 꾸민 공원이 옛 모양 그대로 남아있게 되었다. 구부러진 길의 가장 높은 곳에 있는 원형의 분수대는 더러운 채로 놓였으며. 큰 길은 성문에서 출발하여 이 분수대 위까지 직선으로 나 있었다. 볼품없는 무성한 녹색 덤불 속에도 가까이서 보지 않으면 찾을 수 없었던 조그만 길들이 있었다. 아치형 덤불의 뒤쪽은 마치 부드러운 물결처럼 파괴할 수 없는 것들이 있었고, 큰 길의 좌우로 조그맣게 난 길 두 개는 음자리표처럼 선명했다. 그제서야 나는 집을 볼 엄두가 났다. 포플러가 성기게 줄 선 사이로 집을 똑똑하게 보았다. 포플러의 녹색은 짙고 싱싱했으며 밝고 여렸다. 나무를 세어보니 열두 그루 중에서 일곱 그루가 남아 있었다. 그러나 그 옆의 보호수인 수양버들은 멀쩡했다.

집 앞면은 회색으로 약간 지저분한 것이 거의 그대로였다. 벽에는 모자이크 일부가 큰 조각으로 떨어져 나갔고, 여기저기 희끄무레한 물 얼룩이 나 있었다. 마치 물에 젖은 책

표지의 얼룩 같았다. 창 몇 개는 멀쩡했고 유리도 끼어 있었지만, 나머지 창들은 마분지를 붙이던가 나무로 못질했다. 일부 창들은 벽돌을 쌓아 막았다. 집 앞면의 중간에는 더 작은 창들이 있었는데 대단히 큰 틀에 비해 너무 작았다.

이 순간 나는 눈만 있는 것 같았다. 회상이 밀려오고 감정이 너무 격해서 이것들을 떠올릴 수 없었다. 이 공원과 집이 과거, 기억, 젊음과 인생이라고 부르는 것과 나를 연결시켰다. 그러나 나는 그곳에 서 있는 관광객에 지나지 않았다. 어느 정원 주택가에 왠지 호기심이 갔다. 망가진 담과 녹슬어서 형편없는 정문을 지나 정원으로 들어갔다. 폐허의 흔적을 자세히 보았다.

철들기 시작할 때 일어났던 내면의 변화를 알고 있다는 것은 아프기 이를 데 없다. 말할 수 없는 슬픔에 젖어 어린 시절의 장난감과 놀이터를 떠난다. 온통 불안과 슬픔 그리고 기쁨을 안고, 어른들이 종종 인생이라고 부르는 소요 속에 휘말린다. 청소년기의 집과 꿈꾸던 곳을 떠나는 것은 더욱 슬프다. 우리의 꿈이 한낱 꿈에 대한 회상이라는 것을 잘 알기 때문이다. 이쯤되면 벌써 더 이상 성인 남자가 아니고 백발의 노인이 된 사람의 아픔을 헤아릴 수 있게 된다. 죽음의 문턱을 넘어서 다른 인생으로 넘어가는 바로 그 순간의 아픔을 확실하게 느끼는 것이다.

집 지붕은 지금도 여전히 낡고 짙은 회색의 타일로 일부분만 덮여 있었다. 지붕의 여기저기를 마분지와 양철로 못질한 것을 보니 크게 손상된 것이 분명했다. 색색의 광고판을 덧댄 곳도 보였다. 나는 작디작은 지붕의 채광창을 통해 세탁물이 있는 구석을 보았다. 잿빛의 서러운 기저귀가 살랑바람을 받고 힘없이 나부꼈다. 집 왼쪽에는 배수로의 일부만이 매달려 있었다. 내가 칠 년 전 집을 떠났을 때와 똑같았다. 당시 나는 이걸 고쳐야 한다고 생각했다. 내가 지금 떠나야만 하고 다시 돌아올 수 있을지 모른다는 생각은 하지 못했다. 배수로를 고쳐야 한다고 생각했지만 아무도 고치지 않아서 그대로 걸려 있었다. 지붕 가장자리의 고정 나사가 풀려, 언제라도 떨어질 듯 비스듬히 대롱대롱 매달려 있었다. 회색의 집 벽에는 물 얼룩이 뚜렷하게 보였다. 비가 오고 난후 물은 배수로 대신 집 벽을 타고 물길로 졸졸 흘러 들었다. 물길은 창문을 통해 아래로 나 있었다. 물길의 가장자리는 희고 짙은 회색이었으며, 좌우에는 크고 하얀 얼룩이 생겼다. 얼룩은 둥글었고, 바깥쪽으로 갈수록 어두운 회색으로 변했다.

빗물받이는 망가진 채, 칠 년 동안 거기에 걸려 있었다. 칠 년 동안 나는 멀리 나가 있었다. 나는 자주 죽음을 보고 그 냄새를 맡고 또한 느꼈다. 풍족한 때도 있었고 굶주린 때도 있었다. 얼마나 배가 고팠던지 향기로운 흰 빵에 대한 꿈을 꾸기고 하고, 배고픈 모두에게 빵을 나눠주는 꿈을 꾸기도 하고, 더 이상 배고픈 걸 느끼지 못하는 지경까지 갈 정도로 배가 고팠다. 나는 실제로 음식을 먹는 아름다운 꿈을 꾸며 잠들었다. 말할 수 없이 역겨운 음식이라도 상관없었다. 그들은 내게 총을 쏘았다. 수없이 많이 쏘았다. 소총과 대포, 함포, 비행기의 폭탄, 수류탄을 내게 쏘았다. 그리고 나를 맞췄다. 나는 머리에서 흘러내리는 피를 입술에 느꼈다. 피는 달고 기름지며 찐득거리고 금세 굳었다. 나는 먼지가 자욱한 길을 따라 전 유럽을 행군했다. 걸으면서도 내 발을 느끼지 못했다. 조그만 어두운 교외도시에서 여자들의 하얀 목덜미를 뒤쫓았다. 하지만 여자의 목덜미를 한 번도 가진 적이 없었다. 어두운 길의 그 하얀 목덜미들! 그 때 내게 많은 일이 생겼다.

이 망가진 빗물받이가 지금도 여전히 걸려 있다는 생각에 소름이 끼쳤다. 칠 년 동안 배수로는 빗물을 옆으로 흘려보내 집 앞으로 가게 했다. 양철 조각도 칠 년 동안 남아서 거기에 걸려 있었다. 지붕의 타일은 날아가 버리고, 나무들은 쓰러졌고, 모르타르 칠은 벗겨졌다. 도시의 넓고 아름다운 구역과 덤불이 우거진 교외에 포탄이 떨어졌다. 그러나 이 조그만 양철 조각을 한 번도 맞추지는 못했다. 기압조차

하인리히 뵐 단편선

양철 조각의 기울어진 위치를 그대로 둘 뿐 떨어뜨리지 못했다. 칠 년 동안 많은 비가 내렸다. 그러나 비는 집 앞쪽 벽에만 철썩 소리를 냈을 뿐이다. 모래와 돌, 물을 빨아들이는 벽이 빗물을 받아들였다. 그리하여 빗물은 흰색과 회색 빛을 내며 밖으로 빠져나갔다.

포플러가 듬성듬성 서 있는 사이로 집이 더 가까이 보이는 곳에서, 건조대 위에 걸린 세탁물이 바람에 나부끼는 게 보였다. 빛 바랜 남성 와이셔츠, 여자 속옷, 털이 빠진 스웨터, 빨간색과 녹색의 옷이 널려 있었다. 무거운 젖은 이불이 납 덩어리처럼 건조대를 아래로 처지게 하는 것 같았다. 정이 가는 것은 하나도 없었지만 그래도 나는 기뻤다. 나는 노상 집이 싫었다. 집에 사는 사람들만 사랑했다. 공원과 집은 마치 화폐에 인쇄된 그림처럼 옛 형태를 유지했다. 내가 가장 놀란 것은 지붕의 바람받이에 있는 아연 조각을 봤을 때였다. 아연 조각은 지붕을 받치는, 어린 천사상이 그려진 구멍 많은 프리즈 장식 위에 비스듬하게 걸려 있었다.

나는 한동안 벤치에 앉아 있는 남자의 그림자를 알아보았다. 그가 일어나서 창고 구석을 돌아다니는 게 분명했다. 그는 아마 한동안(몇 초인지, 몇 분인지, 몇 시간인지 알 수 없지만) 내가 의식한 시선의 가장자리에서 부드러운 그림자처럼 서 있었던 게 분명했다. 마치 눈에 들어간 조그만 회색 실밥처럼 웬만해서는 빼내기 어려운 존재 같았다. 나는 다시 한번 몸을 돌려 공원을 보았다. 특히 덤불을 눈 여겨 보고 돌 벤치 두 개를 퍽이나 마음 아프게 회상했다. 두 벤치는 길에서 가장 넓은 지점에 숨어 있었다. 그러고 나서 나는 내 시선에 들어온, 경고하듯이 겸손하게 기다리는 그림자에 몸을 돌리고 두세 발 걸음 앞으로 갔다.

지금까지 나는 교외의 이 작은 공원을 무심히 지나쳤다. 담의 구멍 난 곳에는 씨를 뿌리고 식물을 심은 흔적은 아무데도 없었다. 나는 아주 조그만 옥수수 그루터기 밭에서 좁은 길로 올라갔다. 광으로 몇 걸음 다가갔다.

나는 이 몇 걸음으로 갑자기 소리가 나는 곳으로 넘어온 것 같았다. 나는 그 남자 옆에 섰다. 그는 내게 친절하게 목례를 했다. 그리고 나의 저녁 인사에 같은 말로 답례했다. 아이들의 노는 소리가 들려왔다. 여자들이 외치는 소리와 남자들의 휘파람 소리를 들었다. 그리고 많은 사람이 살고 있는 집 근처에서 봄 저녁 축제를 축하하는, 일과 후의 엄청난 갖가지 소음이 들려왔다. 라디오의 음악소리가 거리낌 없이 울려 나왔다. 내 시야에 꽤 큰 여자아이 둘이 현관의 돌기둥에서 빨간 공을 가지고 노는 모습이 들어왔다. 그제서야 나는 집 왼쪽 면에 까만 유탄이 떨어져서 그곳에 흉측한 검은 벽돌을 붙인 것을 보았다. 포플러 나무 사이의 모래더미에서 작은 어린이들이 놀고 있었다. 다른 아이들은 그 둘레에서 막대기로 서로를 때리면서 날카로운 목소리로 웃고 있었다. 한 남자가 자전거를 세우더니 팔 소매를 걷어 올리고 다시 자전거를 탔다.

내 옆의 노인은 나무 판 위에 앉아있었다. 졸속으로 나무 못 두 개를 박은 나무 판이었다. 나는 그의 옆에 앉았다. 그는 키가 작고 마른 사람으로 여기저기 헤진 뱃사람 모자를 쓰고 있었다. 머리카락이 없는 관자놀이와 머리털이 전혀 없어 보이는 정수리를 보고 나는 그가 대머리임을 알았다. 갸름한 그의 얼굴은 햇빛으로 보기 좋게 그을렸다. 대단히 작고 색깔이 없어 보이는 눈으로 나를 부드럽게 바라보았다. 약 0.5초 동안 그의 옆에 앉아 있었는데 그는 바로 내가 자기 담배냄새를 깊이 마시는 걸 알았다. 그는 아무 말없이 주머니를 힘들여 뒤지기 시작했다. 나는 이미 손으로 파이프를 만지고 있었다.

"담배종이가 없어요" 하고 그가 말했다. 그리고 내게 니켈 통을 내밀었다.

"고맙습니다" 하고 내가 말했다.

담배통을 잡아 빨리 열고서 파이프에 담배를 채워 넣었다.

"불도 드려요?" 하고 그가 물었다.

나는 머리를 끄덕거렸다.

"고맙습니다" 하고 내가 말했다. 그리고 그에게 담배통을 돌려주었다.

"이건 그러니까……."

"프랑스제예요" 하고 내가 말했다.

"그럴 줄 알았어요. 뭔가 특별한 게 있다니까요. 그렇지요?"

나는 머리를 끄덕거렸다.

"그렇고 말고요."

누구와 함께 파이프 담배를 피우는 게 좋았다. 함께 입을 놀리고 반쯤 입맛을 다시고 거의 들리지 않게 조용히 함께 파란 연기를 내뿜는 소리를 내는 것이 좋았다. 파란 연기는 회색빛 폐에서 나오는 것이다.

더 이상 파란 연기가 나오지 않았다. 나는 갑자기 모두가 묻는 바로 그 질문을 노인이 하게 되리라는 걸 알았다. 그가 입을 열까 봐 나는 불안했다. 그러나 그는 내게 단지 "여기서 누굴 찾으세요?"라고 물었다.

"네" 하고 나는 나지막하게 말했다.

"누군데요?"

"마리아 X 양, 가족이에요."

"오!" 하고 그가 큰 소리로 외쳤다. 내 옆에 앉은 그의 옷 냄새를 나는 평생 잊지 못할 거라고 느꼈다.

"X 양이라고요?"

내 가슴이 지금 갑자기 대단히 심하게 그리고 거칠게 뛰기 시작한 걸 그가 느낀 게 분명했다. 또한 내 이마에 맺힌 땀방울을 보았을 것이다. 내가 느닷없이 파이프를 입에서 빼서 한숨지으며 파이프 머리를 손에 꼭 쥐는 것을 어색하게 바라보더니 그가 다가와서 나지막한 목소리로 말했다. 지금껏 말한 것 보다 더 차게 말했다.

"걱정 말아요. 그 여자 여기 있어요……."

"고맙습니다" 하고 내가 말했다. 그리고 파이프를 입에 넣었다.

내게 시간이 있다는 걸 알게 되었다. 그것도 영원처럼 끝없는 시간이. 내게 대단히 깊은 숨소리가 나온 게 놀라웠다. 나도 모르게 저절로 그런 소리가 나왔다.

노인이 내가 입은 낡은 제복의 찢긴 곳을 주의 깊게 들여다보는 것을 느꼈다. 그가 조금 더 가까이 왔다. 나는 눈을 감았다. 이제 그가 물으리라는 것을 알고 있었기 때문이다.

"어쩌면 그를 알지도 모르겠군요" 하고 그가 말했다.

나는 아무 말도 하지 않았다.

"하사관인데 그리트너예요. 내 아들 후베르트도 서부전선에 있었어요. 혹시 그를 아세요?"

"어디예요?" 하고 내가 목쉰 소리로 말했다.

"팔레즈입니다." 그가 말했다. 그리고 내 대답을 숨죽여 기다렸다.

"팔레즈에도 있었어요" 하고 내가 말했다. 그리고 그를 자세히 보았다.

그도 파이프를 입에서 빼냈다. 뜨거운 파이프 머리를 오른손으로 돌렸다. 꼭 다문 입술과 작아진 두 눈에는 내게서 아무것도 듣지 못할 거라는 확신이 어려 있었다.

"몰라요" 하고 내가 한숨지으며 말했다.

나는 머리를 가로 저으면서 파이프를 다시 입에 넣고 집을 올려다보았다.

"이상해요" 하고 그가 말을 이었다. "그렇게나 많은 사람이 거기서 왔는데, 아무도 모른대."

내가 무슨 말을 하려고 하자 그가 파이프를 높이 쳐들더니 내 말을 막았다.

"아, 나도 알아요" 하고 그가 말을 이었다. "그런 이름 하나로는 아무 것도 찾지 못하죠. 베르둔도 그런 이름이에요. 바로 내 옆에서 자는 사람이 누군지도 모르는 세상이니까요. 나도 다 알아요."

그는 말을 멈추더니 머리를 들었다. 집안에서 젊고 명랑한 목소리가 "아빠!" 하고 불렀기 때문이었다.

"그래, 간다"하고 그가 나지막하게 말했다. 그는 파이프를 모자 가장자리로 가져가면서 내게 인사하고 갔다. 나는 그를 불렀다. 그리고 "그 여자 어디 살아요?" 하고 물었다.

그는 내 말을 금세 알아듣고 연통이 아래로 처져 있는 처마 바로 옆 방을 가리켰다.

"고맙습니다"하고 내가 말했다.

그가 집으로 가는 걸 보았다. 허리가 약간 구부정한 그는 느릿느릿하게 걸었다. 포플러가 줄 지은 거리의 한 가운데 있는 돌 사자상에 파이프를 두드렸다. 그리고 몸을 돌리고 내게 다시 한번 머리를 끄덕했다. 나는 느닷없이 그가 어두운 입구로 들어가 사라진 후, 몇 초 지나지 않아 우리 모두가 모든 것에 죄를 지었다는 생각이 들었다. 우리와 관계가 없는 경우, 누가 우리에게 누구에 대해서 물으면 우리는 모른다고 말한다. 우리는 언제나 모른다고 말해야 한다. 우리는 아무렇지도 않게, 마음 아픈 것도 없이, 모른다고 말한다. 내가 당신의 수호신이라도 되나요?

나는 그녀가 거기 없는 것을 알고 있었다. 그러나 갑자기 일어나서 노인의 뒤를 따라 집안으로 들어갔다. 나는 잠깐 주위를 살펴보았다. 나는 지나가면서도 그 집에 3주 동안 한 중대 병력이 거주한 것처럼 보인다는 느낌이 들어 냄새를 맡고 자세히 살펴보았다. 층계 난간은 거의 멀쩡했다. 여기저기 나무조각이 없어졌고 위층은 어두웠다. 나는 금세 옆 창을 나무로 막은 걸 보았다. 빛은 나무 가장자리 사이로 들어오는 은회색의 곧은 줄뿐이었다. 복도는 비 오는 차디찬 잿빛 겨울날처럼 보였다. 별이 없는 서글픈 밤이 오기 전의 납 같은 겨울날의 저녁하늘 같아 보였다.

나는 여자가 거기 없는 것을 알고 있었다. 그러나 매우 빠른 속도로 복도 끝 방으로 가 노크하고 기다렸다. 문의 손잡이를 흔들었다. 아무런 움직임이 없었던 것은 물론이고, 나도 거기 서 있던 30초 내내 아무런 낌새도 채지 못했다. 나는 왜 그런가를 곰곰이 생각했다. 그 동안 여자가 이 방에서 지냈다는 사실은 많은 것을 말해주었다. 하지만 나는 아무 것도 느끼지 못했다. 이윽고 나는 문에 붙어있는 종이쪽지를 발견하고 이를 뜯었다. 곰팡내가 나는 낡은 나무 사이를 통해 복도로 들어온 가느다란 불빛으로 종이쪽지를 읽었다.

여자의 글씨였다.

"일곱 시에 돌아옴. 열쇠는 옆방에 있음. M."

나는 종이를 주머니에 넣고 옆방의 문을 노크했다. 내가 노크하기 전에는 아무 소리도 들리지 않았다. 나는 답답한 정적만 느꼈다. 정적은 내 가슴을 짓누르는 것 같았다. 누가 내 몸 속에 공기를 넣는 것처럼 가슴이 벅차올라 터져버릴 것 같았다. 내가 다시 한번 노크하자 소곤대는 소리가 들

하인리히 뵐 단편선

렸다. 누가 침대에서 일어나더니 열쇠를 돌리는 것이었다. 나는 희미한 어둠 속에서 대단히 아름다운 금발의 여자 머리를 보았다. 흐트러진 머리카락이 얼굴에 드리워 있었다. 나는 작고 가는 그녀의 목덜미를 잠깐 보았다. 목의 아주 작은 줄만 보았지만 그녀가 알몸인 걸 냄새로 알았다.

"X 양!" 하고 내가 말했다 "X 양의 열쇠를 부탁합니다."

"아, 당신이 침대 위에 걸려있는 분이시군요."

"네, 아마도……." 하고 내가 말했다.

여자가 얼른 문을 닫았다. 나는 다시금 소곤거리는 소리를 들었다. 그런 다음 둥글고 아름다운 맨 살의 팔이 열쇠를 내밀었다.

나는 다시 X의 방 앞에 섰다. 여전히 겨울 같아 보이는 곰팡이 냄새 나는 복도에서, 지금 방에 들어가면 기억이 물밀듯이 밀려올 거라는 걸 알았다. 열쇠를 자물쇠에 꽂고 잠시 주저했다. 주머니 안의 종이쪽지를 꼭 잡았다. 손가락 사이에 작고 딱딱한 종이 공이 느껴졌다.

옛날에 나는 그녀의 정수리만 보았다고 생각했다. 내려다보이는 여자의 가르마는 수직으로 깨끗했으며 하얗고 가팔랐다. 마치 대단히 좁고 아름다우며 밝은 길 같았다. 그녀의 밝은 갈색 머리카락이 부드럽고 조용하게 올라갔다 다시 내려오는 파도 사이의 길 같았다. 내 두 눈이 가르마를 내려다보았다. 그 어디서도 다시 못 봤던 모습이다. 이 좁은 길은 끝이 없어 보였고 나는 그게 마음이 아팠다. 아! 이 가르마!

그는 오른쪽 가슴에 그녀의 심장이 두근거리는 것을 느꼈다. 아주 규칙적으로 조용하게 고동쳤다. 그에 대한 사랑으로 가득 찬 착한 심장이라는 것을 알고 있었다. 그보다 더 큰 사랑을 어디 다른 곳에서는 찾을 수 없다는 걸 알았다. 그는 당시 그녀와 매우 가까웠고 그보다 더 가까울 수 없을 거라는 것도 알았다. 결코 더 큰 사랑을 찾을 수 없다는 것도 알고 있었다. 창이 절반 열려 있었다. 공원 냄새가 방 안으로 스며들었다. 달콤하고 무거운 냄새였으며 썩는 냄새가 아주 매혹적이었다. 초록의 커튼이 방안의 빛을 독특하게 물들였다. 방바닥에 있던 여자의 옷은 모두 초록빛으로 보였다. 그의 가죽 띠가 놓여있던 양탄자, 옷장 그리고 의자가 모두 초록색이었다. 어둡고 부드럽고 아름다웠다. 심지어 값싼 은제 버클도 초록색 느낌이 들었다. 국가의 문장과 월계수 패턴 주위에 '우리에게 신의 가호가 있기를!' 라고 고급스럽게 쓴 글씨를 똑똑히 읽었다. 그녀의 속옷과 치마 그리고 스웨터를 보면서 그는 한없는 사랑에 젖었다. 그는 남자가 여자에게 하늘의 별을 따 주겠다고 약속하는 마음을 이해하게 되었다. 그의 야전 군복이 널려 있었다. 군복의 안감과 흰 색의 둘레가 있는 어깨 부분만 볼 수 있었다. 그는 옷이 더러워진 걸 보았다. 그러나 그의 방랑하는 시선, 행복하게 방랑하는 시선은 여전히 한없이 맑고 깨끗한 그녀의 가르마로 돌아갔다. 그의 밑에 있던 가르마다. 그는 이 가르마 길이 끝이 없다는 것을 알고 있었다. 그리고 그녀에게 그보다 더 가까이 갈 수 있는 사람이 없다는 것을 알고 있었다. 그러나 그녀의 가르마가 긴 것처럼 그에게서 한없이 멀리 떨어져 있다는 것도 알고 있었다.

그는 턱에서 그녀의 따뜻한 콧김을 느꼈다. 그녀의 숨소리가 그의 목을 간지럽혔다. 그가 가만히 있으면 그녀도 절대 움직이지 않으리라는 걸 알았다.

그는 이미 자물쇠에 넣은 열쇠머리를 여전히 손에 쥐고 있었다. 그리고 그녀의 구겨진 조그만 종이쪽지를 손에 느꼈다. 그는 아래 입술을 깨물었다. 그러자 옆 방에서 '당신이 침대 위에 걸려있는 분이시군요'하고 말하던 여자가 노래 부르기 시작하는 걸 들었다. 여자는 길게 숨을 쉬면서 노래를 중단했다. 이제 남자의 목소리도 들렸다.

또한 그는 당시 가르마의 심연에 다시는 시선을 보내지 않기를 바랐다. 때로는 방 바닥에 있는 녹색 옷을 다른 사람의 깨끗한 피부처럼 만지고 싶었다. 그의 오른쪽 가슴에서 그녀의 심장이 고동치는 소리를 듣고 싶었다. 아주 가늘고 규칙적으로 고동치는 좋은 심장이자 행복한 심장이었다. 그보다 더 좋은 심장을 그는 결코 찾지 못할 것이다. 그의 턱에 느껴진 그녀의 따뜻한 코와 규칙적으로 목에 닿는 그녀의 가느다란 숨결은 마치 어린 아이같았다.

그는 이따금 그녀의 이마에 머리를 기분 좋게 올려 놓았다. 어두운 벽에는 크고 아주 무거운, 아름다운 그림이 걸려 있었는데 루벤스의 작품인 게 분명했다. 한 여자의 약간 빛나는 밝은 장밋빛 육체가 어두운 녹색 벽과 대조되어 마치 살아있는 것처럼 보였다. 그림 속 여자의 머리카락은 은빛 회색이지만 녹색 커튼의 빛을 받아 녹색으로 보였다. 그림 속 여자의 착하고 조그만 미소는 그와 그녀를 넘어서 멀리 가버렸다. 그는 누워 있는 동안 두 눈을 그녀의 이마 위로 올려 포플러 나무의 꼭대기를 보았다. 은빛 회색으로 빛나는 나무 꼭대기는 아주 가까이에 있었다. 차갑고 신 냄새가 난다고 생각했다. 포플러들 사이로 멀리 아주 먼 도시의 가장자리를 보았다. 빨간 지붕과 알록달록한 나뭇잎, 새 성당의 흰 탑과 옛 성당의 까만 탑을 보았다. 문득 가을이었고 전쟁 중이었다는 생각이 떠 올랐다.

그는 모든 것을 보았다 그런데 아무것도 보지 못했다. 양탄자의 무늬는 다양한 색으로 계속 새로워지는 곡선 같았다. 서로 만났다가 넘어가고 또다시 넘어갔다가 만난다. 만나는 곳에는 여러 색의 큰 꽃이 있었다. 화장실에 있는 연한 갈색의 화장대에 조금 망가진 곳이 있었다. 그리고 방 가운데 놓인 그녀의 양말에도 조그만 녹색 구멍이 나 있었다. 그는 모든 것을 보는 동안 그녀의 가르마 끝, 닿을 수 없는 아주 먼 곳을 빼고는 아무것도 보지 못했다.

대단히 조용했다. 전시라고 믿을 수 없을 정도였다. 그의 등 뒤로 난 복도는 하얗고 노랬다. 복도는 호의적이고 놀라운 친절로 차 있었다. 루벤스 그림 속 여자의 얼굴에 보이던 친절이었다. 루벤스 그림의 여자는 그들 둘이 거기 누워 있는 것을 보고 시선을 멀리 했다. 반쯤 열어 놓은 창 밖 공원에는 아름답고 짙어 가는 대단히 풍성한 가을 냄새가 가득 차 있었다. 떠다니는, 화려하기 이를 데 없는 적막이 이 방을 채우고 있었다. 누구도 들어가지 못하고 나올 수도 없는 방이다. 그들이 바라지 않으면 누구도 떠날 수 없는 방이었다.

그러나 그는 가을이기만 한 것이 아니라 전쟁 중이라는 것도 잊지 않았다. 정신이 맑아진 후에 그녀의 놀랍도록 아름다운 밝고 좁은 가르마를 내려다보는 첫 순간부터 일어나야 한다는 것을 알고 있었다. 가야 하고 다시 돌아와야만 한다는 것을 알고 있었다. 그때 그는 다시 돌아오지 못할까 봐 아주 불안해했다. 이 더러운 옷깃을 다시 목에 둘러야만 했고 무표정한 얼굴로 으르렁대야 했다. 한순간 그에게 탑도 없고 성당도 없는 마을의 앙상한 그림자가 마치 면도칼로 밀

어버린 것처럼 평평하게 보였다.

　그는 갑자기 얼굴에 그녀의 눈썹이 부드럽게 스치는 것을 느껴 그녀가 눈을 뜬 것을 알게 되었다. 그러자 그가 발가 벗고 있다는 생각이 떠올랐다. 그녀의 머리카락을 아주 가까이에서 보았다. 가르마를 잠깐 보았고 그 끝에 하얀색 베개를 보았다. 그는 무의식에서 돌아왔다. 모든 것이 마치 망원경을 통해 보듯이 가까이 왔다. 그는 정원 냄새를 맡았다. 아주 무거운 구름이 내린 정원이었다. 여자의 살 냄새도 맡았다. 아래 테라스에서 낮은 목소리로 잡담하는 소리와 유리잔이 부딪치는 소리가 들렸다. 그리고 어떤 여자가 과장하듯 크게 웃는 소리가 났다. 그는 테라스에 앉아있는 사람 모두가 그걸 알지만 누구도 말하지 않을 거라는 생각이 들었다.

　그는 몇 분 후 그가 했던 모든 일들이 아주 자세하게 눈에 보였다. 그는 옷을 입고 그녀의 이마에 키스했다. 조용히 방에서 나와 뒷문으로 사라졌다. 그리고 다시는 돌아오지 않을 것이었다.

　그때, 자신이 벌거벗고 침대에 누워 있던 걸 기억해냈을 때, 어느날 아침 마리아가 일어나서 아래 테라스로 가던 게 생각났다. 나중에야 사람들은 웃으면서 엄청난 편지 보따리가 배달되어 왔다고 말했다. 그 후 그는 그녀가 편지를 들고 뛰어 올라온 것을 수없이 많이 보았다. 그녀가 문을 열고 문에 기대어 몸을 떨면서 편지 가장자리를 뜯는 것을 보았다.

그는 뒷문을 지나가고 있었다. 뒷문은 녹슬어서 삐걱거리는 조그만 철문이었다. 그때 그는 죽음이 결코 두렵지 않고 언제나 삶을 두려워하리라는 것을 알았다.

그는 구겨진 종이쪽지를 내버려뒀다. 두 손이 땀에 젖어 있었다. 얼른 열쇠를 돌려 문을 열었다.

그는 재빨리 양탄자를 지나갔고 얼른 침대 옆을 지나갔다. 침대는 늘 그랬듯이 창문 오른쪽에 있었다. 그리고 열린 창문을 통해 공원을 내다보았다. 닫힌 덧문의 좁은 틈을 통해 들어온 빛이 방안을 둘로 갈라놓은 것 같았다. 방이 빛으로 가득 차 있었다. 둥근 빛은 조그만 그림자 층 때문에 서로 떨어져 보였다. 그가 볼 수 있었던 것은 모두 밝고 검은 줄무늬뿐이었다. 모든 게 그대로라는 사실은 의심할 여지가 없었다. 그림은 여전히 벽에 걸려 있었고 진한 초록색 벽지는 굉장히 밝고 생동감이 돌았다. 그림 속 얼굴과 옷장 그리고 침대가 나란히 있었다. 그는 잡동사니로 가득 찬 큰 유리 진열장을 보았다. 침대와 문 사이에는 책상이 하나 있었다. 빛과 그림자의 반사가 아주 약했기 때문에 창 아래쪽은 모두 어두웠다. 어디선가 탄내가 났다. 아래에 화덕이 있는 게 분명했다. 그러나 그는 이 모든 것을 잠깐 느꼈을 뿐이다. 그는 우선 방을 빨리 지나 창을 열고 이 방을 내 거라고 생각하려 했다. 그런데 발을 들여놓자마자 이상한 기분이 들었다. 대상이 없고 실체도 없는 뭐라 말하기 힘든 무엇이 느껴졌다. 이 방이 결코 그의 것이 될 수 없으리라는 것을 알았다. 그리고 이 방처럼 그녀도 가질 수 없다는 것을 알았다. 어딘가 낯설고 모르는 것으로, 그 순간 그가 지금껏 몰랐던 질투와 비슷한 감정으로 휩싸였다. 일 초 동안 그림자 같고 아무 것도 아닌 것이 말 못할 현실로 그의 감정을 건드렸다. 거칠고 미칠 것 같은 질투의 아픔이 그의 가슴을 깊게 찔렀다. 그는 이것이 그녀를 다시 가질 수 있는지 없는지의 문제가 아니라고 생각했다. 그녀를 소유하기 위해서는 싸워야 한다는 게 마음 아팠다.

문지방 앞 한 걸음 떨어진 곳에, 그는 한순간 서 있으면서 불을 키고 무슨 흔적을 찾아볼까 곰곰이 생각했다. 낯설고 놀라운 이 감정을 그에게 설명해 줄 구체적인 대상을 찾을 수 있지 않을까 깊이 생각했다. 그러나 금세 그는 보고 만질 수 있는 것이 없다는 걸 알게 되었다. 보고 만질 수 있는 대상과 관계가 있는 것은 없었다. 그리고 그런 것이 있다 하더라도 그걸 찾으면 안 된다는 걸 알았다

그는 천천히 물러나서 문을 다시 닫았다.

옆 방에서 남자들과 여자들이 대화를 나누는 소리가 더

크고 똑똑하게 들렸다. 물론 그는 많은 단어를 알아들을 수 있었지만 이것들이 그를 지나가 버렸다. 마치 그를 맞추지 못했던 총알 같았다.

뒤쪽 멀리서 문이 열렸다가 다시 닫혔다. 이 순간 어두운 복도의 일부가 회색빛으로 넘쳐났다. 다른 문들이 열렸다가 닫혔다. 발걸음이 나무 층계 아래로 멀어졌다. 생선과 자른 양파 냄새가 풍겼다. 그는 문틀에 몸을 기댔고 문득 깨달았다. 25년 동안 그녀의 가슴이 뛰었지만 그가 그 고동 소리를 들은 것은 단지 30초뿐이었다. 25년 동안 그녀의 머리 속에 수백만의 생각이 오고 갔지만 그는 그 가운데 한 토막만 알고 있었다. 그는 그녀를 소유한다고 생각했다. 철통같이 그녀를 소유한다고 생각했다. 그 생각이 너무 지나친 나머지 불안했다. 다시 돌아온다는 것도 불안했다. 그러나 이런 생각이 무의미하고 바보짓이라는 것을 그는 이해하고 있었다. 그는 마리아에 대해서 아무 것도 몰랐다. 소유라고 하는 것이 무슨 가치가 있는지 몰랐다. 마치 바닷물을 한 양동이 길어 오르고 바다를 자기 거라고 말하는 것과 같았다. 그는 그녀가 뭘 즐겨 먹는지 몰랐다. 그녀가 어떻게 무엇으로 사는지조차 몰랐다. 그는 그녀가 전차를 타고, 눈에 들어오는 것을 내다보는 모습을 상상했다. 사람, 가게, 동물, 집, 폐허더미 그리고 꽃과 나무를 본다고 상상했다. 꽃, 나무, 동물, 사람 가게 등 이 모든 것에 그녀가 집착하는 하나 하나의 생각과, 이것들 중에서 그녀가 일 분 동안 생각하는 단 열두 가지 것 모두가 마리아의 세계였다. 이런 세계는 그녀의 내면에 수만 가지가 들어 있었다. 회상과 꿈들이었다. 그가 아는 것은 극히 일부분에 불과했기 때문에 초라함과 처참함을 느꼈다. 어두운 복도에서 문에 몸을 기댔다. 복도에는 생선과 양파 냄새가 났으며, 또한 독한 식초 냄새가 악취를 풍기기 시작했다.

그의 내면에 질투가 분노를 일으켰다. 마치 야수가 그에게 들어와서 그를 갈기갈기 찢는 것 같았다. 그는 당시 그녀를 온전히 소유했던 것처럼 그녀를 소유하고 싶었다. 그러나 그녀의 번쩍이는 가르마가 끝이 없어서 그녀를 끝까지 따라갈 수 없는 것을 알게 되었다. 그는 그녀의 구두 끈을 싫어했다. 조금 망가진 구두 끈이 기억났다. 길게 매달린 구두 끈 끝에 말라서 굳어버린 오물이 붙어 있었다. 그녀에게는 언제나 약간의 사랑스러운 무질서가 있었다. 그녀와 관계가 있는 모든 사물과 생각은 모두 놀랍고 이해할 수 없이 낯설었다. 그는 이 모든 것을 그녀의 방에 첫발을 들였을 때 이미 알았다. 그는 거기서 물러났다. 얇고 까만 벽에서 물러났다. 가파르고 단단한 벽은 하늘 높이 영원의 가장자리까지 올라가 도저히 넘을 수 없었다.

그는 깊이 한숨지었다. 연기로 가득 찬 복도의 파란색 탁한 공기를 들이켰다. 너무 깊이 들이켜서 빠르게 심한 구토증을 느꼈다. 느닷없이 배고프고 피곤하다는 생각이 들었다.

그는 갑자기 얼굴이 오그라드는 것 같았고 눈이 아팠다. 뭔가 동공을 파먹는 것처럼 송곳으로 찌르는 듯한 아픔이 몰려왔다. 이따금 여러 날 밤을 지샌 끝에 오는 아픔과 같았다. 그는 조심스럽게 열쇠를 자물쇠에 꽂고 비틀거리며 방안으로 들어가서 뒤로 문을 닫았다. 등에 긴 끈으로 메고 있던 빵 보따리를 풀었다. 그리고 허리를 구부리고 양탄자 위를 손으로 더듬었다. 왼쪽 문 뒤였다. 천천히 몸을 아래로 뉘였다. 수평으로 눕는 것은 좋았다. 다리를 쭉 뻗고 머리 밑에 빵 보따리를 베고 눕는 것은 그에게 너무나 익숙한 일이었다.

곧 있으면 일곱 시다. 그는 그녀의 심장이 그를 위해 뛰는 것을 느꼈다. 그를 사랑하며 조용하게 뛰는 것이었다. 그렇듯 사랑하면서 그를 위해 뛸 심장이 다른 데는 없으리라는 것을 그는 알고 있었다. 그러나 그의 내면 어딘가에는 그녀가 자기의 소유가 아니라는 느낌이 들었다. 지금까지 한 번도 느끼지 못했던 것이기 때문에 그녀를 잃을지도 모른다는 생각이 들었다. 그것은 무어라 표현하기 힘든 것으로, 오물이 묻은 그녀의 구두 끈에서부터 구름에 이르기까지 그녀가 자주 생각하며 관찰했던 것들이다. 그 많은 생각 중에서 그는 하나도 알지 못했다. 그는 그녀를 언제나 자기에게 친숙했던 세계인 죽음으로 잃을 것이라고 생각했다. 삶의 세계에서 빼앗기리라고는 생각하지 못했다.

문과 벽의 일부에 있는 흑백 장식의 창을 다시 한번 눈을 크게 뜨고 바라보았다. 흐릿하고 약했으며 선도 분명치 않았다. 하얀 장식은 번쩍이고 까만 장식은 희미했다. 그제서야 그는 까만색 십자가에 못 박힌 큰 예수상을 보았다. 예전에는 아래 현관에 걸려 있었지만 지금은 여기에 걸려 있었다.

그는 그의 것이 아닌 낯선 이 방 때문에 갑자기 압박감을 느꼈다. 이 방의 부드러운 비누와 옷 냄새 그리고 약간의 담배연기가 빚어내는 깨끗한 냄새에 짓눌렸다. 돌연히 그는 다시 일어났다. 빵 보따리를 집어 들고 문을 열었다. 그는 자물쇠 안의 열쇠를 돌렸다. 그리고 문의 종이쪽지가 누구에게 쓴 것인가를 곰곰 생각했다. 그러나 이 생각은 조금도 질투를 일으키지 않았다. 그는 사람을 질투하지 않았다. 사람은 모두 똑같다. 사람은 모두 외롭다. 그들을 채우고 있는 세계와 생각을 질투하고 미워했다.

복도로 들어가는 문들 중 한 개가 항상 열려 있었다. 그는 문 뒤에서 생선과 양파 그리고 식초가 한끼 식사용으로 섞여서 나는 냄새를 맡았다. 연기가 조그만 방에 가득 찬 것 같았다. 이제 그는 미지근하고 역겨운 연기로 덮인 복도로 들어갔다. 그는 날감자가 뜨거운 기름을 바른 프라이 팬에서 찌 소리를 내는 것을 들었다. 찌 소리가 높아지고 서서히 끓더니 소리 없이 익어갔다. 문에서 짙은 갈색의 연기가 구름처럼 나왔다. 이 구름은 가늘고 부드러운 연기로 층계까지 깔렸다. 어디선가 쾅 소리가 났다. 가끔 문도 열렸다. 그는 천천히 열어 놓은 문으로 갔다. 그리고 마주한 벽에 일 분 동안 서 있었다. 뚱뚱하고 키가 작은 여자가 왼쪽 손을 가슴에 넣고 오른손으로 프라이팬 안의 감자를 천천히 돌리고 있었다. 지저분한 식탁 위에는 거대한 사기그릇이 있었고 그 안에는 푸른 빛의 생선이 양파를 깐 식초 안에 떠 있었다. 화덕 옆에 있는 여자의 얼굴은 검었다. 거의 검붉은 얼굴이었다. 왼쪽 손을 맨 가슴 위 올려놓은 것이 그에게 역겨움을 줬다. 방 전체가 작은 유리창을 통해 빛을 받았다. 유리는 좁다란 나무 틀에 넣은 것으로 거칠게 붙인 돌들 사이에 있어 열 수도 없는 게 분명했다. 부엌 찬장은 칠이 낡아서 초라하고 불그레한 색을 띠고 있었다. 찬장 위에는 빵과 저울이 하나 있었다. 그는 거기서 또 자명종 시계를 보았다. 7시 20분 전이었다.

그는 천천히 층계로 돌아가 내려갔다. 천장과 벽의 석고세공 장식은 여전히 더러워진 큰 섬들 같았다. 별의별 낙서로 더러워져 있던 것이다.

그는 천천히 한 계단씩 내려가면서 과연 떠나야 하는가를 곰곰이 생각했다. 갈 수밖에 없음을 깨닫기 전, 그는 지금 가는 게 더 좋을 것이라 생각했다. 그래야 칼을 든 천사가 위협하는 걸 피할 수 있게 된다. 천사의 고통스러운 임무는 나를 쫓아낸 후 횃불과 검을 들고 내가 물러나는지를 감시하는 것이다. 아마도 나는 문지방의 천사 발밑에 2분 정도 쭈그려 앉을 것이다. 그렇게 웅크리고 앉아서 지난 30년 동안의 부담을 던져 버릴 것이다.

그는 층계참에 서서 정원 뒤쪽 벽의 널빤지가 빠진 곳을 통해 밖을 내다보았다. 그곳에는 지금도 그기 당시 집을 떠날 때 지나갔던 조그만 녹슨 대문이 있었다. 대문은 옆집 마당으로 나 있었다. 그 집 정원은 잘 보존되고 손질도 잘 돼 있었다. 새로 지붕을 덮었고 모르타르를 발랐다. 안락하고 안전하며 조용한 빛이 감돌았다. 큰 가게들은 화려하고 아름답게 장식되어 있었으며, 길고 매력적인 좁은 창들은 밤의 휴식이나 축제를 위해 닫혀 있었다. 잔디밭은 파헤쳐 졌고 새로 씨가 뿌려졌다. 그는 작고 아름답고 부드러운 봄의 첫 녹색 빛과 부드러운 솜털들을 보았다. 꽃밭에는 팬지를 나란히 심어 놓았다. 젊고 날씬한 여자가 젊고 늘씬한 남자 옆에 서 있는 것을 보았다. 그들은 미소 지으며 씩씩하게 걸으며 정원에 감탄했다. 진한 갈색 머리의 여자는 긴 치마를 입었다. 노란색의 목이 높은 스웨터는 여자의 두드러지게 하얀 목을 가는 줄처럼 보이게 했다. 목은 마치 값비싼 하나의 목걸이처럼 보였다. 두 사람은 아주 잘 돌아가는 인형 같았고 그들의 미소는 일품이었다. 목소리도 듣기 좋았다. 그들의 몸짓과 걸음거리는 매우 근사하여 영화의 아름다운 결말에 나오는 엑스트라라고 해도 될 정도였다.

그는 계속 천천히 걸어가 일 층에 닿았다. 집 입구에서는 아이들이 여전히 공 놀이를 하고 있었다. 밝은 빛이 들어오는 문의 잿빛 구역에서 이리저리 날아다니는 공 놀이는 재미있고 아름다워 보였다. 공은 돌기둥에 가볍게 부딪쳤다. 그는 또한 두 소녀가 내기하느라 숫자를 세는 목소리를 들었다. 아이들은 쉬지 않고 열심히 즐겁게 셈했다.

밖에 나왔을 때 그는 비로소 지하에도 사람이 거주한다는 것을 알게 되었다. 지하실 구멍에서 녹슨 갈색 연통이 올라와 있었다. 연통에서는 연기가 나고 갖가지 음식 냄새가 풍겨나왔다. 반쯤 땅 위로 올라온 창 뒤에서 그는 희미한 노란 빛을 보았다. 라디오 소리 그리고 사람 목소리를 들었다. 갑자기 그는 무심코 주머니에 넣었던 손이 불안으로 땀에 젖은 것을 느꼈다. 그는 이 음악에 불안을 느꼈다. 역겨운 기술로 만든 저질 확성기가 세계로 내보내는 음악이다. 괴롭고 부드럽고 질긴 목소리가 세계를 불안으로 내몰았다. 이런 목소리와 사이비 음악으로부터 안전한 곳은 아무데도 없었다. 수백만 개의 저질 확성기가 이런 음악을 전 인류에게 퍼날랐다. 그리고 세계 어디서나 양파와 생선 그리고 식초와 감자 냄새가 났다. 그는 땅속 깊이 묻혀 귀를 막고 싶었다. 이따금 고요한 노래와 잃어버린 낙원의 조용한 음악 한 조각에 크게 숨쉬며 조용하게 귀를 기울이고 싶었다.

그는 주머니 안감에 손을 닦았다. 그리고 몇 분 전 노인과 앉았던 벤치로 갔다. 그는 여러 해 동안 그녀를 다시 만날 것을 기대했지만 이제 두 시간을 남겨두고 미치도록 초조해졌다. 그 초조함이 그를 우유부단하게 했다. 그는 어디로 가야 할지 몰랐다. 눈 앞에 그녀의 방에 있는 하얀 벽을 똑똑히 보았다. 벽에는 창 덧문의 빛과 그림자가 은빛과 검은색으로 벽을 가로지르는 줄무늬를 만들었다. 문 위쪽에는 크고 까만 십자가에 못 박힌 그리스도의 하얀 육체가 걸려 있었다. 그는 거기서 머리 밑에 빵 보따리를 베고 양탄자 위에 눕고 싶었다. 십자가에 못박힌 예수상을 올려다보며 기다리고 싶었다. 또한 자고 싶기도 했다. 그는 즉시 이 아무 것도 아닌 낯선 것 때문에 도망치리라는 걸 알고 있었다. 보지 않아도 알 수 있을 정도로 얇고 까만 그 벽은 그가 방에 들어가는 걸 방해하기에 충분했다. 그 벽은 그가 창을 열고 모든 걸 소유하는 걸 방해했다. 침대를 다시 소유하고 창을 통해 도시의 먼

지평선을 내다보는 것을 방해했다. 그 때 한 이 분 동안 그가 바라봤던, 마치 면도칼로 민 것처럼 평평해진 도시의 지붕들을 바라보는 걸 방해했다. 그리고 절대 다시는 되돌릴 수 없다는 사실이 절망적으로 다가왔다. 그녀가 자기를 잊지 못할 걸 알고 있었다. 그의 눈길은 계속 방안의 모든 물건에 향했다. 그리고 가장 두터운 붓이 그린 담대하고 강력한 선보다 더 날카롭게 그녀의 이마와 그림 그리고 양탄자를 보았다. 그리고 멀리 지평선과 그녀 몸의 아주 작은 반점까지 모두 눈에 담았다.

그는 정원의 다른 구역에서 삽과 곡괭이로 일하는 남자를 보았다. 그 남자에게로 갔다. 그의 표정은 피곤해 보였고 약간 불친절했다. 아직 담배가 절반 남아있는 파이프에 불을 붙이고 다시금 벤치에 앉아 땅바닥을 내려다보았다.

땅바닥은 진한 갈색으로 축축했고 약간 젖어 있었다. 그리고 당시 정원 절반을 덮고 있던 자갈 흔적이 보였다. 하얀 얼룩이 갈색으로 변해 있었다. 평평한 길은 롤러로 눌러지고 발길로 단단해졌다. 옥수수 그루터기도 밟혀서 단단했고 썩어서 까맣게 되었다. 녹슨 못과 타서 머리가 까만 성냥들 사이에 밟아서 단단해진 바지 단추가 하나 박혀 있었다.

굽은 모양의 길에 있는 대리석처럼 하얀 벤치의 기억이 떠오르자 그는 우스웠다. 덤불 속의 벤치는 지금 무성한 잡초로 덮여 있었다. 그는 작은 숲 왼쪽에 있던 벤치를 다시 한 번 찾을 생각이었다. 덤불을 지나서 벤치의 시원하고 차고 축축한 바닥을 만질 생각이었다. 그러나 당시에 가졌던 불안 함만이 기억났다. 그는 마리아와 함께 숲 속 벤치에서 나와 테라스로 갔다. 테라스에서는 웃음짓는 사람들이 낮은 소리로 잡담하면서 와인을 마시고 있었다. 온화한 가을 저녁이었고 습기도 조금 있었다.

그는 분수대의 가장자리에 서서 그녀의 방을 올려다보았다. 방은 아래로 걸려 있는 배수로 옆에 있었다. 그는 이미 이별의 아픔을 느꼈다. 집은 조용하고 적막했으며 어둠에 싸여 있었다. 줄 지은 포플러 사이로 여자들의 밝은 옷이 보였다. 불타는 담배 불꽃도 보였다. 그는 젊은 여자의 목소리를 들었다. 노래를 부르려는 목소리였다. 당시 이 집에는 잠시 사람이 살았었다. 언제나 조용했고 조금씩 허물어져 갔다.

그는 분수대 가장자리에서 이별했다. 아래로 걸려 있는 배수로를 보면서 저걸 고쳐야만 한다고 생각했다. 그는 마리아와 함께 사람들 옆을 지나 그녀의 방으로 들어갔다. 문을 지나서는 그녀가 그를 앞서 갔다. 반쯤 어두운 복도에서 그는 그녀의 옷자락과 하얀 목을 보았다. 그녀가 방에 들어가려고 몸을 돌렸을 때 그녀의 부드러운 옆얼굴을 보았다.

그 후 그는 루마니아의 어느 활기찬 도시에서 한 가게

로 들어갔다. 손수건 두 개와 양말 한 켤레를 팔기 위해서였다. 저녁이었다. 골목길은 회색 제복과 길고 하얀 윗옷을 입은 남자들과 여자들이 옮겨 다니는 가운데 어두컴컴했다. 모든 것이 조용했다. 어두운 몰락의 환락으로 차 있었다. 전선이 가까웠고 유탄이 떨어졌다. 부드럽고 질긴 빵 반죽을 둔중하게 때리는 소리가 멀리서 나지 않고 가까이에서 날카롭고 찢기는 소리로 들렸다. 그 소리는 마치 땅이 값싼 얇은 합판이어서 망치로 부서지는 것 같았다. 심지어 기관총 발사의 소음이 들리기도 했다. 아무런 저항을 받지 않고 밟은 브레이크가 삐걱거리는 것처럼 빠르고 성가신 소음이었다. 그는 인적이 없는 어느 골목 길로 들어갔다. 저속한 삶으로 붐비는 골목이었다. 한 가게로 들어가 어두운 데로 나 있는 문을 열었더니 중고품 상점 한 가운데 있게 되었다. 어두운 상점에는 곰팡이의 악취를 풍기는 옷들이 초라한 선반 옷걸이에 마치 머리가 축 늘어진 시체처럼 걸려 있었다. 시체의 두 다리는 절단된 것 같아 보였다. 푸르스름한 진열장의 옷 스탠드 뒤에는 헌 옷, 가구, 조그만 장식물과 고장난 시계가 있었다. 그는 더러운 계산대를 꼭 잡고 담배에 불을 붙였다. 느닷없이 계산대 뒤에서 키 작은 유대인 소년이 나타났다. 창백하며 아주 뻔뻔하고 불안한 얼굴이었다. 유대인에 대한 말 못할 슬픔을 안고 있는 얼굴이었다. 그는 손수건 두 개와 자신의 양말 한 켤레를 계산대에 올려놓았다. 얼굴이 가볍게 흔들렸다. 그러자 노란색의 구겨진 옷을 입은 여자가 소년을 내보냈다. 그는 그녀의 옆 얼굴을 보았다. 마치 마리아의 옆 얼굴처럼 보였다. 그들이 정원에서 올라와서 마리아가 자기를 앞서가던 순간 그가 보았던 그녀의 옆 얼굴이었다. 노란색 옷을 입은 여자는 말없이 목례했다. 그는 그녀가 그의 물건에 허리 굽히는 것을 보았다. 그녀의 까만 머리카락은 그에게 진한 녹색으로 보였다. 그녀는 그가 팔 물건을 손으로 만졌다. 그는 그녀의 손을 보았다. 작고 대단히 부드러운 손은 어린아이의 손처럼 아주 작았다. 팔 물건들이 아주 조용히 그리고 빨리 계산대 밑으로 사라졌다. 지폐 한 장이 까만 나무 계산대 위에 놓였다. 그녀가 갑자기 한 손으로 지폐를 덮고는 머리를 들었다. 그녀의 얼굴은 아름답고 온전한 하얀색이었다. 입술은 보랏빛이었으며 얼굴은 게으르고 무관심해 보였다. 그는 얼른 돈을 잡고 등 뒤로 문을 닫았다. 그리고 시체 모양의 옷들이 받침대 위에서 조용히 흔들리는 것을 보았다. 장식품과 가구가 서로 부딪치며 나는 달그락 소리도 들었다. 그는 큰 길로 나왔다. 큰 길은 피난민과 부분적으로 포격에 맞아 움직이지 못하는 탱크와 자동차로 차 있었다. 명령을 내리는 날카로운 목소리가 급박함을 일깨우려고 했다. 그러나 그는 술집으로 들어가 그 돈으로 폭음했다.

술집에는 군인들이 많았다. 그들은 아직 시간이 있다고 말했다. 그리 나쁘지 않다고도 했다. 소련군은 더는 앞으로 진격할 힘이 없다고 했다. 그는 거기서 전선이 2킬로미터 거리에 있다는 것을 알게 되었다. 그걸 전선이라고 말할 수 있을지 모르겠다. 그는 이 중고품가게에 큰 불안을 느꼈다. 매달린 시체 같은 옷과 소년 그리고 게으른 성향을 가진 여자의 옆 얼굴이 그에게 미소 짓던 중고품 가게였다. 그는 와인과 슈납스로 만취했다. 그는 우연히 아랫다리에 조금 부상을 입었다. 그 후 위생병이 그를 부상병열차에 올라타게 했다. 열차는 정거장을 떠났다. 정거장에는 몇 분 간격으로 규칙적이고 조용하게 소련군 유탄이 떨어졌다.

그는 자신의 구두 앞 축을 보았다. 구두 앞 축은 갈색 자갈 부스러기가 깔린 땅바닥에 있었기 때문에 새까맸다. 그 후 그는 밤에 달리던 검은 열차에서 어떤 사람으로부터 소시지 한 개를 받았던 일 등이 모두 생각났다. 소시지는 마늘냄새가 심하게 났다. 그리고 빵 한 조각은 마르고 곰팡이 냄새가 났다. 그는 미치도록 목이 말랐다. 기차는 한참을 흔들거리며 달린 후에 어느 역의 어두운 플랫폼에 멈췄다. 사람들이 아무 소리도 내지 않고 자고 있었다. 거기서 조그만 양철 깡통에 든 커피를 받아 마셨다.

그는 언제나 뭔가를 생각해야 한다고 여겼다. 마리아의

목이나 옆 얼굴을 생각했다. 동시에 여러 가지 일들이 줄줄이 기억났다. 첫 번째 조그만 생각은 끝없이 긴 생각고리의 하나에 불과한 것 같았다. 생각의 고리는 그가 원하는지와 상관없이 그를 거쳐갔다. 그는 애써 이 생각들을 중단했다. 그리고 영국 군화의 뾰족하고 까만 앞 축을 바라보며 다가올 일을 생각하려고 했다.

그는 이따금 돈을 벌게 될 직업을 찾는 일을 상상하려고 했다. 이 방의 침대에 누워있기 위해서는 돈을 충분히 벌어야 했다. 그는 예전에 침대에 누웠던 일을 그려보려고 했다. 눈은 십자가에 못 박힌 예수상을 향했다. 이 예수상은 언제나 그녀의 눈이 바라보는 곳에 있었다. 마리아는 화덕 옆에 서 있다. 사랑스럽고 조금 어찌할 바를 모른다. 그는 마리아에게 식초와 양파가 든 생선 음식을 만들지 말라고 말할 것이다. 창은 열려 있고 비가 올 것이다. 빗물은 망가진 배수로 옆을 흘러내려갈 것이다. 포플러가 라디오의 소음이 그녀의 방으로 들어가는 것을 막아줄 것이다.

그는 갑자기 시야에 들어온 다른 구두 한 켤레를 보았다. 깨끗이 빛나고 튼실하며 아름다운 갈색의 신사용 단화였다. 진열장 안에 있는 구두 같았다. 그 구두는 조그만 길의 가장자리에 있었다. 구두 뒤축 절반이 길 가장자리에서 시작한 도랑 위에 떠있었다. 그는 자신의 구두가 언제나 멋지다고 생각했다. 포로수용소에서 받은 까만 영국제 군화였다. 그러나 그는 지금 자기 구두가 거칠고 추하고 볼품이 없다는 것을 알았다. 그러나 이 구두는 진열장 안의 구두처럼 번쩍이고 튼실했다. 그런데 진열장 안의 구두 위에는 바지가 없었다. 부드럽고 연한 갈색의 그리고 거의 베이지색의 아름다운 바지가 없었다. 바지 주름은 그 안에 날카로운 칼이 들어있는 것 같아 보였다. 그는 파이프를 털었다. 남아있는 담배를 피우는 데 3분 정도 걸릴 것이다. 그 3분이 마치 몇 년이 되는 것처럼 생각됐다. 그는 머리를 들고 한 얼굴을 쳐다보았다. 그는 자신이 녹색 벽과 십자가에 못박힌 예수상을 침대에 누워 더 이상 바라보지 않게 되리라는 걸 알았다. 화덕 옆에 선 마리아는 없다. 빗물은 망가진 배수로 밑으로 더 이상 흐르지 않는다. 그러나 죽음만은 어찌할 수 없을 것이다.

얼굴은 조용하고 넓었다. 입은 약간 작았다. 눈은 약간 좁았다. 이마는 높고 아름다웠다. 머리카락은 곱슬곱슬했다. 쓸데없이 골고루 물결모양을 짓고 있었다. 그는 언제나 물결모양의 머리를 가진 남자들을 싫어했다.

그 사람은 손에 갈색 서류가방을 들고, 엄지를 사용해 잡고 있었다. 그리고 밝은 갈색의 부드러운 모자를 쓰고 있었다. 모자의 땀을 받는 띠가 멀쩡하고 깨끗했다.

이 얼굴이 그에게 말했다.

"아, 당신이 그녀의 침대 위에 걸려있는 분이시군요."

그러자 그가 아름다운 머리를 가진 그녀에게 했던 것과 같은 말을 했다.

"네, 아마 그럴 겁니다."

그러고 나서 그는 주머니에서 손을 뺐다. 손에는 여전히 종이쪽지를 쥐고 있었다. 그는 조심스럽게 종이쪽지를 펴서 얼굴에 내밀고 말했다.

"이게 아마 당신에게 쓴 거지요."

"그래 맞아요." 하고 다른 사람이 말했다.

"내게 쓴 게 맞아요. 그러니까 여덟 시에."

그는 손목 시계를 보았다. 그리고 말했다. "아직 한 시간 넘게 남았네요."

그들 두 사람은 서로를 쳐다보았다. 다른 사람은 아랫입술을 깨물었다. 벤치에 앉았던 그는 그녀가 자기 것이라는 걸 알았다. 그만의 것이어서 이 세상에서 누구도, 또한 어떤 것도 그녀를 자기에게서 뺏을 수 없다는 것을 알고 있었다. 자기와 마찬가지로 그가 그녀의 침대에 눕지 않을 것을 알고 있었다.

이제 그들은 서로 시선을 주고받았다. 그러고 나서 그는 다시금 땅바닥을 내려다보았다. 남자의 신발이 불안하게 오르고 내리는 것을 그가 보았다. 그는 발가락을 올렸다가 다시 내렸다. 그리고 올렸다. 벤치에 앉았던 사람은 규정에 맞게 서로 떨어진 구두 코 사이에 있는 까만색 바지 단추만을 보았다. 단추는 땅바닥에 꼭 박혀 있었다.

"한 시간 동안 얘기 나누시죠." 하고 그의 위에서 나는 목소리가 말했다.

나는 일어나서 그를 따라갔다. 내가 일어났던 10분의 1초는 아주 작은 시간이 쪼개지고 남은 시간이었다. 그 시간을 잃은 것을 나는 알고 있었다. 온전히 돌릴 수 없는 시간이었다. 그는 나를 앞서 갔다. 조그만 정원에 난 길들은 너무 작아서 우리는 나란히 걸을 수 없었다. 일 초 후에 우리는 넓은 길에 닿았고 그와 나란히 걸었다. 우리는 말없이 길고 곧은 길로 돌아갔다. 이 길은 조그만 숲을 지나 밖으로 가는 녹슨 문으로 나 있었다. 문은 아무도 그전에는 연 일이 없었다. 그러고 나서 우리는 왼쪽으로 돌아 담장의 한 구멍에 이르렀다. 그제서야 나는 녹색 지붕 아래에 자동차 한 대가 서있는 걸 보았다. 까만 색의 튼실하고 안전한 자동차로, 값진 작업을 통해 만들어진 믿음직하고 깨끗하고 단단한 자동차였다. 우리는 더 천천히 걸었고 가장 넓은 내리막 길에 점점 가까이 갔다. 우리는 서서 서로를 응시했다. 나는 지금 그가 떨고 있는 것과 그의 입술이 움찔거리는 것을 보았다. 그의 확고하고 잘생긴 큰 얼굴이 정상을 벗어난 것 같아 보였다. 그가 내게 말했다.

"마리아는 어제부터 내 아내입니다. 아직 아무도 모릅니다."

나는 머리를 끄덕였다. 그리고 땅바닥을 내려다보았다가 그를 다시 한번 자세히 보았다.

그의 두 눈에는 엄청난 진실이 들어 있었지만 스스로 의식하지 못하는 것 같았다. 그의 아픔, 가난, 전율 그리고 그가 전혀 의식하지 못하고 참아야 하는 아픔과 진실이 들어있었다. 우리가 살 수 없고, 무엇으로도 얻을 수 없고, 선물로만 받을 수 있는 것들이 있다. 그 중의 하나가 사랑이다.

나는 다시 한번 머리를 끄덕이고 갔다. 조심스럽게 담장을 넘어 가로수 길을 가로 질러갔다. 그리고 나무가 없고 사람이 다니지 않는 길을 지나서 시내로 돌아왔다. 정거장에서 떠나기 위해서였다. 지금 내 뒤에는 태양이 지평선에 넓게 퍼져 있다. 태양은 내 앞의 그림자를 어수선하게 밀어버렸다. 나는 내 머리의 둥근 큰 그림자를 거의 볼 수 없다. 혹시 담장이나 오두막 또는 절반 무너진 담장 등의 방해가 나타나면 내 머리의 그림자는 내 앞에 멈췄다. 그리고 점점 더 커졌다. 대상물의 가장자리를 넘어 내 시야에서 멀리 멀리 사라져 가버렸다. 그리하여 나는 더 이상 그림자를 볼 수 없었다. 그리고 앞으로도 결코 닿을 수 없으리라는 걸 알았다.

독일 기적의 일화

"아빠. 그런데 독일의 기적이란 게 무슨 말이에요? 많이 듣는 말이어서요."

아버지가 신문을 내려놓고 라디오를 껐다. 그리고 아들을 지켜보면서 곰곰이 생각했다. 아버지는 이미 수많은 물음에 대해 아들에게 대답해야 했다. 그리고 대답하면서 분명하게 알게 되었다. 이런 물음이 지금껏 깊이 생각하지 않았던 사실에 대해서 설명하도록 강요한다는 것이다. 아버지는 한참 깊이 생각했다.

"아빠, 몰라요?"

"잠깐만" 하고 아버지가 말을 이었다. "금방 대답할게. 은행 당좌가 뭔지 알고 있니?"

"네"하고 아들이 대답했다.

"수표가 뭔지도 알겠구나."

"네. 그건 돈이나 마찬가지인 종이에요"하고 아들이 말했다.

"그럼 좋다. 집중해서 들어"하고 아버지가 말을 이었다.

"독일의 기적은 이런 것이다. 너는 은행 당좌 두세 개를 가지고 있어야 수표장도 두세 권을 받을 수 있게 된다. 합쳐 봐야 모두 100마르크 정도야."

"그러나 수표는 지불을 보증해야 돼요"하고 아들이 말했다.

"잠깐만. 아직 그것만으로 수표를 발행할 수 없어. 우선 대출을 받아야 해. 한 은행에서 3,000 마르크 대출받는 거야. 이해 했니?"

"그래. 담보와 보증인이 있어서 네가 대출받는다고 가정하자. 그럼 2,850마르크 수표를 써서 제2은행당좌로 보내는 거야. 며칠 후 너는 제2은행의 수표장에 2,347.5마르크 수표를 써서 제3은행당좌로 보내. 그러고 난 후 액수를 점점 줄여서 몇 주일 동안 여러 은행 당좌에서 돈을 넣고 빼는 거야. 그때 항상 마지막 자리에 몇 페니히가 붙어있는지 확인해야 해. 그러면 더 설득력이 있어진단다. 그러고 나서 현재 돈이 들어 있는 은행에서 400마르크를 찾아 2주일 동안 휴가를 떠나는 거지. 휴가에서 돌아오면 제2은행당좌로 가서 6,000마르크 대출을 받겠다고 말을 하는 거야. 은행은 네 당좌를 심사하고, 네 당좌가 활발하게 움직인 걸 알게 된단다. 지금까지 2만 마르크를 교환한 걸 알게 되는 거지. 너는 대출을 받게 된 단다. 6,000마르크 중에서 4,000마르크를 제1당좌에 넣고 2,000 마르크를 제3당좌에 넣는 거야. 그 다음은 모두 네 상상력에 달렸어. 6,000마르크가 3,000마르크보다 더 활발한 건 당연하단다. 너는 곧 새 수표장 세 권이 필요하게 될 거야. 합쳐서 2.15마르크야. 네가 똑똑하다면 곧 세 은행에서 각각 1만 마르크씩 대출받게 될 거야. 돈을 어떻게 굴릴까 생각해 봐."

"그러니까 은행 당좌를 잘 움직이면 되는군요" 하고 아들이 말했다.

"네 당좌를 움직여라" 하고 아버지가 말을 이었다.

"친척들이 모두 너를 칭찬하고 가문에 축복이 내릴 거야. 너는 단지 만년필 한 자루, 수표 책 세 권 그리고 5마르크짜리 우표만 있으면 되는 거야. 네가 당좌를 잘 움직이면 큰 액수의 대출을 받게 되고, 그러면 돈을 많이 벌 수 있는 일을 시작할 수 있는 거야. 약간의 상상력은 필요해. 수표에 어설프게 매끈한 숫자를 쓰면 안 된다. 마지막에는 페니히를 써야 돼. 그게 가장 중요하다. 얘야 당좌를 움직여라." 하고 아버지가 열정을 다해 말했다. "그러면 너의 인생에 축복이 내릴 것이다."

"그게 정말 독일의 기적이에요?" 하고 아들이 물었다.

"그래. 나는 그렇게 생각한다" 하고 아버지가 말했다.

아버지는 신문을 다시 들었다. 그러나 너무 깊이 생각하느라고 신문을 읽을 수 없었다. 신문을 옆으로 밀어 놓고 담배에 불을 붙였다. 그가 깊이 생각하는 것으로 피곤하지 않았다면 오늘 부자가 될 수 있었다.

아메리카

나는 후베르트가 침대에 누워 있는 것을 보았다. 그는 난로에 가까이 다가가 낡은 액자 두세 개로 약한 불을 피웠다. 물론 큰 방이라 따뜻해질 수는 없었다. 난로 주위에는 사람 체온 정도의 조그만 섬이었고 나머지 공간에는 각종 그림, 이젤 그리고 찬장들이 차갑고 대단히 황량하게 방치되어 있었다. 후베르트는 그리다 만 그림을 무릎에 올려놓았지만 마저 그리지는 않았다. 대신 꿈을 꾸듯이 갈색 침대시트의 얼룩을 응시하고 있었다. 그는 미소로 나를 맞이하면서 그림을 무릎에서 내려놓았다. 나는 크고 가여운 그의 회색 눈에서 먼저 배고픔과 희망이 사라진 걸 읽었다. 나는 그를 오래 고문하지 않고 향기를 뿜는 싱싱한 새 빵을 꺼냈다. 그의 눈이 반짝

아메리카

183

거렸다.

"너 미쳤구나" 하고 후베르트가 말했다.

"아니면 내가 미쳤거나, 너가 빵을 훔쳤거나, 내가 꿈을 꾸는구나. 아이 참."

그는 방어하는 자세를 취하고 눈을 비볐다.

"천만에, 그건 사실이 아니야" 하고 내가 말했다.

나는 빵을 그의 코 밑에 댔다. 그리고 그의 손에 빵을 쥐어 주고 바삭한 껍질에서 바스락 소리를 나게 했다.

"지금 너는 오감 모두로 빵을 느꼈어. 내 생각에는 네가 미쳤어. 아무튼 나는 빵을 훔치지도 않았어. 어서 빵을 나눠봐."

이윽고 후베르트는 자신의 감각을 믿는 것 같았고 용기를 내 빵을 잡았다. 아무 것도 못 잡을까 봐 불안해하는 것 같았다. 그제서야 현실을 깨닫고 인간적인 한숨을 크게 내쉬며 장롱에서 칼을 꺼냈다. 그새 나는 주머니에서 담배를 꺼내어 주머니칼로 잘게 자르기 시작했다. 담배조각을 가루로 만들어서 따뜻한 난로 위에 올려놓았다. 나는 담배 가루를 굽는 거라고 생각했다. 후베르트는 빛을 내뿜는 눈으로 나를 응시했다. 욕심껏 냄새를 맡고는 마침내 이렇게 말했다.

"너 완전 범죄자가 되었구나."

우리는 침대에 나란히 누워서 반쪽으로 나눈 빵을 조금

하인리히 뵐 단편선

씩 뜯어 맛있게 먹었다. 빵은 향기롭고 싱싱하면서도 여전히 따뜻하고, 하얗고 맛있었다. 빵은 세상에서 가장 좋은 것이다. 배가 불러서 빵을 먹지 못하는 사람은 안쓰럽고 참 슬픈 일이다.

후베르트가 빵의 출처를 묻는 걸 잊은 것 같아 나는 대단히 기뻤다. 그걸 알겠다고 우겼다면 나는 어쩔 줄 몰라 했으리라. 그는 예술가만이 가질 수 있을 정도로 엄청나게 양심적이다. 그러나 그는 말없이 행복하게 먹었다. 아직 빵이 조금 남아있는 사람은 참으로 행복하다.

"네가 방에 들어올 때 내가 무슨 생각했는지 알아?"

나는 대답하지 않았다. 어이가 없었다. 내가 심리학자는 아니지 않는가?

"나는 미국 대학에서 천재가 섭취하는 칼로리를 계산하고 실험하는 걸 깊이 생각했어. 예를 들면 렘브란트의 경우처럼. 결국 현대과학은 모든 걸 알고 있어. 네 생각은 어떠니?"

"아마도 누군가는 천재가 표준을 벗어나서 산다고 생각할 거야. 천재는 아마도 엄청나게 많이 먹든가 굶을 거야. 하지만 천재의 성과는 보통 음식 섭취와는 관계가 없다고 생각해."

"그러나 천재도 배고픈 데는 한계가 있어. 내 경우는

8일 동안 굶고 지하실에 앉아 떨면서, 그걸 놀라운 시로 쓸 수 있을 거야. 그러나 일생을 내내 차디찬 지하실에서 보내면 시 쓰기를 온전히 그만둘 거야. 한마디로 더러운 종이에 몽당연필로도 시를 쓸 힘이 없기 때문이지."

"그러나 그가 많고 많은 아름다운 시를 글로 쓰지는 못했지만 머릿속에서 시를 짓는 거야. 세상 사람들은 알지 못하지만, 알려지면 불멸의 시가 되는 것들도 있는 것이야."

우리의 빵 이야기는 끝났다. 나는 침대에서 난로에 구운 담배 가루를 모아 파이프에 채웠다. 후베르트는 내게 그림의 한 조각을 뜯어 불을 붙이는데 쓰라고 내밀었다. 나는 난로로 불을 붙였고 우리는 담배를 피웠다. 우리의 큰 방에는 어둠이 내렸다. 어둠은 안개처럼 스며들어 모든 것을 끌어안았다.

"나는 아메리카에 편지를 쓸 거야" 하고 후베르트가 말을 이었다. "렘브란트가 매일 몇 칼로리를 섭취했는가를 알아내달라고."

그는 나를 불안하게 응시했다.

"기실 내겐 열등의식이 있어 예전처럼 작업할 수 없기 때문이야. 얼마 전 신문에서 읽은 건데 아메리카에서 우리가 섭취하는 칼로리 정도로는 정신 작업을 할 수 없다는 실험 결과가 있었어. 적어도 2년 동안에는 할 수 없다는 거야. 이 엄청난 과학적 결과가 내 기를 꺾어 더 이상 그림을 그릴 수 없게 되었어."

그는 느닷없이 맹수처럼 침대서 뛰어내려 내 옆을 지나쳐 이젤로 달려갔다. 전지 한 장을 화판에 끼우고 미친 사람처럼 작업하기 시작했다. 그는 얼른 스케치를 끝내고 수채화통을 잡았다. 그리고 대단히 담대하게 그리기 시작했다. 가끔 뒤로 물러나서 그 효과를 테스트하기도 했다. 그는 곧 조그만 그림 하나를 완성했다. 그러나 어둠이 점점 깊이 내려앉아 나는 그 그림을 알아볼 수 없었다. 그가 갑자기 내게 몸을 돌려 단호하게 물었다.

"이 녀석, 빵을 어디서 가지고 왔어?"

결국 나는 진실을 밝혀야 했다. 나는 쑥스럽게 말했다.

"어느 미국 군인에게 만년필과 바꿨어. 그리고 여기."
나는 주머니에서 조그만 하얀 막대기 두 개를 꺼냈다.

"각자 담배 한 대씩이야."

우리는 금세 악취 나는 파이프를 내려놓고 아주 흐뭇하게 놀라운 담배를 빨았다. 미국 담배였다. 후베르트는 계속 대담하게 그림을 그렸다. 그는 담배에 불을 붙였다.

"미국에서 가장 좋은 것은 여전히 담배야"하고 그가 웃으면서 말했다.

죽은 사람은 복종하지 않는다

소위는 우리에게 누워야 한다고 말했고, 우리는 누웠다. 그
곳은 숲의 가장자리였으며 봄날이어서 햇살이 비치고 사방
이 고요했다. 우리는 전쟁이 곧 끝나는 걸 알고 있었다. 아직
담배를 가진 전우들은 담배를 피우기 시작했고 담배가 없는
사람은 피곤해서 잠을 청했다. 3일 전부터 제대로 먹지도 못
하고, 반격도 많이 했기 때문이다. 숲은 너무 놀랍도록 조용
했고 새들은 어디선가 노래를 불렀다. 공기는 아주 부드럽고
촉촉한 게 사랑스러웠다

    느닷없이 소위가 소리를 지르기 시작했다. 큰 소리로
"주목" 하고 화를 내며 외쳤다.

    "이봐!"

그러자 소위는 크게 흥분해서 목소리가 변했다.

"이봐 당신, 이봐 당신!"

그러고 나서 우리는 소위가 누구에게 말하는지 알게 되었다. 맞은편 숲길 쪽에 누가 앉아서 잠을 자고 있었다. 회색 군복을 입은 평범한 군인에 불과했다. 그 군인은 나무에 기대어 자고 있었고 주근깨가 가득한 얼굴로 아주 예쁘게 미소 짓고 있었다. 우리는 소위가 미쳐버릴 것이라 생각했고 잠자고 있는 군인은 미쳤다고 생각했다. 소위는 점점 더 크게 소리 지르고, 잠자는 군인은 더 미소를 지었기 때문이었다.

담배를 피우기 시작한 전우들은 담뱃불을 껐고 잠을 청하던 사람들도 깨어났다. 몇몇은 미소마저 지었다. 때는 봄이었으며 부드럽고 아름다운 날씨였다. 우리는 전쟁이 곧 끝난다는 걸 알고 있었다.

갑자기 소위의 외침 소리가 멈췄다. 그는 두 걸음씩 걸어서 숲길을 넘어갔다. 그리고 잠자는 군인의 얼굴을 때렸다.

그제서야 우리는 잠자는 군인이 죽은 걸 알게 되었다. 군인은 말없이 쓰러졌다. 미소도 더는 짓지 않았다. 얼굴에는 무서운 비웃음이 번져 있었다. 소위가 창백한 얼굴로 돌아왔다. 우리는 불쾌하지 않았다. 왜냐하면 우리는 더 이상 태양도 기쁘지 않고, 부드럽고 촉촉한 사랑스러운 봄날 공기도 달갑지 않기 때문이다. 전쟁이 끝나든 말든 우리는 아랑

곳하지 않았다. 느닷없이 우리는 모두 죽은 걸 알게 되었다. 소위도 마찬가지였다. 그도 지금 비웃는 얼굴에 군복도 입지 않았기 때문이었다.

랑데부

나는 그녀를 데리러 일찍 부두로 갔다. 며칠 동안 비가 쏟아
지고 있었다. 산책길의 바닥은 물러졌고 웅덩이의 나뭇잎들
은 썩어갔다. 8월 중순이 되자 벌써 나무에는 가을 냄새가
났다. 카페의 테라스는 텅 비었고 하얀 식탁과 의자는 높이
쌓여 방수용 천으로 덮여 있었다. 거의 모든 손님들은 떠나
서, 이 시간에는 한 사람도 보이지 않았다. 습기가 짙어 라인
강 위에 안개처럼 떠 있었기 때문에 빗발이 거의 보이지 않
았다. 근방에 나를 제외한 유일한 사람은 선박회사 직원이
있었다. 대기실의 조그만 창 뒤로 그의 모자만 보였다.

　호텔 라운지에서 웨이터들은 오후에 커피나 차를 마시
러 오는 약간의 손님을 기다리며 구석에 서 있었다.

나는 8일 전 영화관에서 그녀와 나란히 앉아 있었다. 나는 일찍, 그것도 너무 일찍 도착해서 하품하는 안내원의 옆을 지나 밝은 빛이 흐르는 텅 빈 홀로 들어갔다. 나는 그제서야 직사각형의 구멍에서 조명이 깜박이는 것을 보았다. 조명은 검은색 실을 스크린에 비치는 것처럼 보였고 서서히 위치를 바꿔 아무 것도 없는 데서 움직였다. 나는 텅 빈 홀 앞쪽에, 스크린과 가까이 앉아있는 그녀의 가녀린 목덜미와 녹색 비옷만 보았다. 내 표는 더 좋은 좌석이었지만 앞쪽으로 가서 그녀 옆에 앉았다.

나는 그제서야 습기가 서서히 올라와 몸에 착 붙어 차가운 걸 느꼈다. 그러나 상관없었다. 내 시선은 매 순간 배가 나타나는 라인강의 굽어지는 곳에만 집착했다. 도착시간을 흰 분필로 써 놓은 까만 칠판에는 연한 회색으로 몇 줄 갈겨쓴 것만 보였다. 대개 도착시간과 출발시간을 알리는 종의 추에서는 고장 난 수도꼭지처럼 물방울이 더 빨리 떨어졌다. 뒤쪽의 라인 강이 굽어지는 곳에 까만 화물선이 나타났는데, 힘없이 퍽 느리게 강 위쪽으로 끌려갔다. 손목시계를 보니 몇 분 후면 다섯 시였다. 배가 십 분 후 계획대로 출발한다면 곧 강이 굽어지는 곳에 나타나야 한다. 지금 대합실의 조그만 창 뒤에 있는 남자는 담배를 피우고 있었고, 순간 그의 붉은 얼굴은 연기로 완전히 가려져 있었다. 내 코트는 젖어서 검게 되었다.

견인선은 아직 강의 굽어지는 곳을 완전히 나가지 못했다. 견인선은 마치 상처 난 파충류의 꼬리 같은 배의 뒤쪽을 끌고 갔다. 선박회사 직원이 조그만 대합실을 열어 육중한 목소리로 내게 말을 걸었다.

"선생님, 지루하시죠."

나는 그제서야 그를 알아보았다. 그의 아내가 부둣가에서 담배가게를 운영하고 있었다. 한 시간 전 나는 거기서 담배를 사면서 그와 각종 담배 브랜드의 장단점에 대해서 수다를 떨었다.

"이제 겨우 알아보세요?" 하고 그가 큰 소리로 말하며 내 모자를 응시했다.

"잠깐 들어오시죠."

그는 산책로를 마주한 면에 몸을 웅크려 밀착시켰고, 내게 반대편에 서 있기를 권했다. 그리하여 우리는 한 초소에 있는 두 명의 보초병처럼 아주 가깝게 서 있게 되었다.

"빌어먹을 날씨" 하고 그가 다시 말을 시작했다.

"정말 나쁜 날씨예요. 한 계절을 온전히 망쳤어요."

"그래요" 하고 내가 말했다.

나는 라인강의 굽어지는 곳을 계속 지켜보다가 큰 소리로 "아!" 하는 소리를 냈다. 흰색 배가 검은 화물선을 더 빠르고 쉽게 지나갔기 때문이었다.

"누굴 기다리세요? 여자분인가요?"

"맞아요" 하고 내가 말했다.

나는 그의 제안을 받아들인 걸 후회했다. 차라리 비 내리는 밖에 서 있다가 그녀와 15분 후에 식탁에 앉아서 따뜻한 차를 마시는 게 더 좋으리라 생각했다. 남자가 내 가까이로 왔다. 호기심에 찬 그의 눈이 거의 내 이마에 닿을 정도였다.

나는 이미 다리 밑에 와 있는 하얀 배의 뱃머리에서 눈을 떼지 않았다. 강둑은 제대로 보이지 않았는데, 김을 내뿜는 비구름이 가렸기 때문이었다. 산들은 비구름 층 위쪽에 유령처럼 높고 우중충하게 떠있었다.

"애인이군요" 하고 노인이 모자를 이마에 내리쓰며 말했다.

나는 배를 응시하며 배의 모든 움직임을 따라갔다. 나 스스로 강에 누워 있는 것 같았다. 나는 두 손을 꼭 움켜지면서 영화가 시작하자 어둠 속에서 스스럼없이 그녀에게 손을 뻗었던 일을 생각했다. 나는 그녀의 손을 잡았다. 그녀는 단한 번만 움찔하고 몸부림쳤지만 그 후에는 받아들였다. 아주 조그맣고 부끄러워서 뜨거워진 손이었다. 가끔 스크린의 희미한 불빛이 우리를 비치는 동안 우리는 서로를 쳐다보았다. 나는 진지하고 창백한 눈을 가진 가녀린 얼굴을 보았다. 내게 뭘 물어보려는 눈 같았다. 영화가 끝나자 그녀는 군중 속으로 섞여 도망치려고 했지만 나는 전차 정거장에서 그녀의 녹색 비옷을 발견했다.

지금 배가 강 한가운데서 뭍으로 방향을 틀었다. 조그만 대기실에서 남자가 뛰어나가 판판한 착륙용 다리로 내려갔다. 배가 이미 가까이에 온 걸 알게 되었다. 모터 소리가 똑똑히 들리고 비옷을 입은 사람들이 출구 앞에 서 있었다. 아래쪽에서는 이미 종소리가 울리고 있었다. 그 소리가 비구름 속에서 마치 바다의 고동소리처럼 울려 퍼졌다. 나는 밖으로 나갔다. 이 순간 비로소 나는 마음속에 기쁨이 하나도 없는 걸 알게 되었다. 단지 불안과 걱정 그리고 운전자가 위험한 커브길에서 가속을 하게 만드는 유혹적인 위험뿐이었다.

나는 담배를 물웅덩이에 던지고 난간을 따라 내려갔다. 거기서 노인은 배 옆쪽과 착륙용 다리 사이의 두꺼운 받침목을 치웠다. 배 갑판에서는 밧줄이 내려왔으며 노인은 밧줄을 쇠기둥에 감았다. 그러고 나서 젊은 선원이 착륙용 다리를 밀어버렸다. 나는 아무것도 보지 않고 앞쪽 입구만 보았다. 그녀의 녹색 비옷조차 알아보지 못했다.

"안녕하세요, 여사님!" 하고 노인이 소리쳤다.

노인은 빈 레몬 주스 상자를 받아서 급히 쌓고 있었다. 나는 그녀를 제대로 쳐다보지도 못한 채 그녀의 팔을 잡고

끌었다.

"고맙소" 하고 나는 목 쉰 소리로 말했다.

"아!"라고만 그녀가 말했다.

나는 말없이 그녀의 손을 눌렀다. 우리 뒤로 다시금 종소리가 울렸다. 모터의 소음이 커 졌다가 다시 멀어졌다. 우리는 산책길을 따라 물웅덩이를 지나서 호텔로 들어갔다.

호텔 라운지는 거의 비어 있었다. 나는 그녀의 비옷을 받았고, 그제서야 그녀가 조그만 트렁크를 든 걸 알게 되었다.

"미안합니다" 하고 내가 나지막하게 말했다.

그녀의 트렁크를 받고 비옷을 걸었다. 나는 젖은 코트와 모자를 벗었다. 호텔 라운지에는 미술품상인의 늙은 미망인이 앉아 있었다. 노파는 나와 아침에 억지로 자리를 함께 하며 술을 마시고 허드레 이야기를 했다. 노파가 우리를 잠깐 건너다보고는 케이크를 계속 먹었다. 노파 말고는 한 노신사만 앉아 있었다. 그는 가판대에 신문을 채우고 있었다.

"뭘 마시겠어요?" 하고 내가 물었다.

"차나 뜨거운 걸로"

그때 그녀는 몸을 돌리지 않아 나는 그녀의 부드러운 향수 냄새만을 맡았다. 향수에는 비의 습기가 조금 섞여 있었다. 그러고 나서 나는 그녀의 맞은편에 앉아, 한참 구석에서 서성거리던 웨이터를 불러 주문했다.

우리는 말없이 담배를 피웠다. 이따금 서로를 쳐다보았
지만, 눈이 부딪힐 때마다 외면했다. 아주 조용해서 비가 내
는 부드러운 소리만 들렸다. 미술품상인의 미망인이 열심히
케이크를 먹는 식탁에서 조그만 그릇 소리가 났다. 조리대의
아가씨가 두 종업원과 나누는 부드러운 대화 소리가 들렸다.
아가씨는 두꺼운 양탄자와 커튼 때문에 거의 보이지 않았다

나는 신경이 곤두서 턱이 움찔거리는 걸 느꼈다. 종업
원이 온 것이 구원이었다. 진한 차 향기가 좋았다. 우리의 손
이 설탕 통 위에서 닿았고 나는 그녀의 손을 꼭 잡았지만 그
녀가 손을 뺐다. 그녀는 창백한 얼굴로, 놀라서 내 손을 응시
했다. 나는 그녀의 놀란 눈을 따라갔다. 그리고 두툼한 하얀
손톱을 가진 내 손이 퍽 낯설게 보였다. 내가 한번도 보지 못
한 전혀 낯선 손이었다. 나는 결혼반지를 빼는 걸 잊었다는
것을 알게 되었다.

"아이참" 하고 내가 나지막하게 말했다. "기쁘지 않
아요?"

"아니요" 하고 그녀가 금세 말했다. 그리고 머리를 몹시
흔들었다.

나는 차를 저었다.

"당신은 기뻐요?" 하고 그녀가 물었다.

나는 아무 말도 하지 않았다.

그녀의 피부가 다시금 하얗게 빛나서 대단히 차 보였다. 까만 머리카락은 물기로 반짝거렸다.

"여행은 즐거웠나요?"

"네" 하고 그녀가 편안하게 말을 이었다. "배 여행 좋았어요. 참 멋져요. 안개가 자욱하게 뒤덮인 강물 위에 있는 게 너무 좋았어요. 냄새도 너무 좋았어요. 단지 여기서 내려야 한다는 게 정말 끔찍했어요. 나는 배를 계속 타고 싶었어요. 비를 맞으며 라인 강 위쪽으로 더 멀리, 바젤까지 가는 게 나를 위해는 더 좋았겠지요. 나를 보내줘요" 하고 그녀가 느닷없이 말했다.

나는 그녀를 응시했다. 얼굴이 아주 창백했다. 입술을 떨고 있었다.

"당신 미쳤어요" 하고 내가 나지막하게 말했다. "그럼 왜 왔어요?"

"나를 보내주세요."

"아마도 나를 미치게 하려고 여기 온 거겠지요. 종업원!" 하고 내가 큰 소리 질렀다.

"나를 놔주세요."

종업원이 라운지에서 느리게 왔다.

"뭐 필요한 거 있으세요?" 하고 종업원이 물었다.

"아내의 짐을 제 방으로 가져가 주세요."

"알겠습니다."

종업원이 트렁크와 비옷을 들고 사라졌다. 그때 그녀가 "나를 보내주세요" 하고 말했다.

나는 주위를 둘러보았다. 노신사는 27번째 신문을 읽고 있었고, 미망인은 벌써 10번째 케이크를 먹고 있었다. 유리 지붕 위로는 빗소리가 들렸으며 아래층의 조리대가 있는 구석에서는 조리대 아가씨가 종업원과 사무적인 말을 주고받았다.

나는 그녀를 힐끗 쳐다보았다. 그 아름다운 얼굴은 온전히 변해 굳어서 떨고 있었다. 그녀는 뜨거운 차를 서둘러 마셨다.

"갑시다" 하고 나는 목쉰 소리로 말했다. 그리고 그녀의 손을 잡았다.

"방금 내가 기쁘냐고 물었어요."

"아니요" 하고 내가 큰 소리를 질렀다.

노신사가 읽던 신문에서 눈을 뗐고 미망인도 이 순간 잠시 먹던 걸 멈췄다.

그녀가 큰 소리로 웃으며 나를 따라왔다. 위층은 더 조용했다. 방의 창은 불빛이 비치는 뜰 쪽으로 이어져 있었다. 재와 오물은 넘쳐흘러 쓰레기 통 옆을 적시고 있었고 단지 미친 듯이 쏟아지는 빗소리만 들렸다.

그녀는 침대에 앉아 담배를 피웠고 나는 담배를 들고 서성거렸다. 우리는 마치 산 밑에서 눈사태가 굴러오는 소리를 듣는 사람처럼 서로를 가끔 쳐다보았다. 나는 주택 복도의 어둠 속에서 그녀에게 키스했던 일을 생각했다. 밖에서는 전차가 종점을 향해 가는 소리를 내었으며, 옆길에서 나오는 자동차의 불빛으로 그녀의 얼굴을 보았다. 망가진 갈색 벽 앞에서 그녀는 창백한 미소를 지었다.

"어머" 하고 그녀가 갑자기 말했다.

"신음하시네. 내 옆에 앉으세요." 오늘 그녀가 처음 미소를 지었으며 방석에서 일어나 내 옆으로 왔다.

"손 줘요."

나는 그녀의 손을 잡았다. 그녀의 손은 차갑고 건조했으며 매우 가벼웠다. 나는 그녀가 결혼반지를 만지는 걸 느꼈다. 그녀가 내 손을 내 무릎에 올려놓았다. 내 손은 무거워 죽은 거나 다름없었다.

"나를 보내줘요"라고 그녀가 말했다.

"가요" 하고 내가 말했다.

그녀가 내 손에 재빨리 키스했다.

나는 창가로 가서 기다렸다. 비가 쓰레기 통 옆의 잿더미를 무르게 했다. 가늘고 더러운 물줄기가 쓰레기통에서 막

하인리히 뵐 단편선

흰 하수구 위로 흐르고 있었고, 노란색의 가는 빗줄기가 흘러내리고 있었다. 큰 물웅덩이에는 종이와 과일 껍질 그리고 담배꽁초가 떠다녔다. 꽁초가 터져서 실 모양의 담뱃가루가 마치 노란색 벌레처럼 그 표면에 떠다녔다. 나는 거기에 담배꽁초를 던지고 몸을 돌아섰다. 방은 비어 있었다. 나는 아무 소리도 듣지 못했다.

에자우 가의 사람들

그녀는 무뢰한이 이제 다시 사라졌다고 생각했다. 그는 나와 이 더러운 지구에서 도망쳤다. 그녀는 멋쩍은 얼굴로 그 남자를 살펴보았다. 그는 반쯤 옆으로 누워있었고, 그녀는 그의 아이 같은 미소를 짓는 얼굴, 흐트러진 머리와 노출된 반팔을 보았다. 그는 팔 소매를 높이 걷어 올리고 오른손에는 종이 한 장을 꼭 쥐고 있었다.

그녀는 무뢰한이라고 생각했다. 그는 분명히 무뢰한이다. 그는 무뢰한이 자기 직업이자 규칙도, 척도도, 질서도 없는 인생이라고 부르는 것이다. 이 무뢰한이 미소 짓는 걸 보자.

그녀는 그의 종이를 빼앗으려고 했으나 그는 잠결에 화

를 내고 으르렁거렸다. 그녀는 얼른 몸을 전기조리기로 돌렸다. 전기 줄이 끊어지고, 합성수지를 연결하는 부분이 부서졌다 조리기의 앞쪽에는 집게 같은 게 붙어 있었다. 그걸 당길 때마다 전기코일이 망가졌다. 그녀는 가늘게 한숨지으며 전기코일을 고쳐서 조리기 앞쪽과 연결하여 콘센트에 끼웠다. 그녀는 숨을 죽이고 코일이 달아오르기를 기다렸다가 물을 올려놓았다. 그러고 나서 그녀는 꽤 큰 소리로 방을 청소하기 시작했다. 방은 온통 뒤죽박죽이었다. 그는 발을 씻고 면도하고 나서 술을 마시기 시작했다. 더러운 물을 담은 그릇, 마른 면도거품이 달라붙은 작은 냄비, 낡은 양말과 서로 다른 두 종류의 수건 등 모두가 식탁과 의자 위, 그리고 그 사이의 방바닥에 널려 있었다.

책상 위에는 꽃이 있었다. 그녀는 시든 꽃을 골라서 세면대에 던졌다. 그리고 면도대야의 물을 그 안에 넣어, 모든 것을 한 번에 부어버렸다.

그녀는 이 무뢰한이 그새 얼마 동안이나 누워 있을지 불평했다. 그런데 그는 자기가 일하는 것이라고 했다.

지금 그녀는 그를 더 자세히 지켜보았다. 방은 청소해서 깨끗했고 물은 이제 막 끓기 시작했다. 그녀에게는 시간이 있었다. 그의 얼굴에 행복 어린 표정은 그녀를 미치게 했다. 그녀는 그의 이 행복을 미워했다. 그녀는 이 행복이 본인에게서 나온 게 아니라 어디선가 훔쳐온 행복이라 생각했다. 그는 낙원의 마지막 자락으로 살며시 기어가서 그 본질을 훔쳤다. 그러나 그녀는 그를 사랑했다.

그녀는 갑자기 그가 멀리 떠났다고 상상하려고 했다. 아메리카나 오스트레일리아로, 그게 실제가 될지 모른다는 불안으로 그녀의 심장이 움츠러들었다. 그 사람 없이는 살 수 없으며 그건 끔찍한 일이라고 생각했다. 그가 내게 주던 고통은 언제나 나를 행복하게 했다. 이 무뢰한.

그녀는 책상에서 의자를 가까이 가져와 긴 소파 옆에 앉았다. 그녀는 발이 아팠다. 어딘가에서 다시 돈을 빌리기 위해 먼 길을 걸었기 때문이다. 하지만 또 실패했다. 마지막 차와 마지막 버터 그리고 마지막 빵을 생각했다. 이 무뢰한 은 다시 취했고 나는 그가 뭐라고 썼는지 알고 싶다.

그녀는 다시금 그의 손에서 아주 조용하게 종이를 빼려고 했다. 그가 다시 으르렁댔다. 그녀는 자연의 흐름에 따라 잠자는 걸 중단시킬까 두려웠다. 그는 잠에서 쫓겨나는 걸 가장 싫어했다. 그는 언제나 전쟁을 떠올리며 "이렇게 쫓기는 것, 잠은 신이 인간에게 준 선물 중에서 가장 값진 것이다"라고 말했다.

이제 그들에게는 돈이 한 푼도 남지 않았고 빌릴 데도 없었다. 집세를 내야 하고 전기료도 물어야 한다. 일일이 다

말할 필요도 없다.

그녀는 다시금 조리기에 시선을 보냈다. 끓던 물이 누그러졌다. 그녀는 욕하면서 냄비를 조리기에서 내렸다. 코일에 더 이상 벌겋게 불이 오르지 않았다. 그녀가 플러그를 뽑은 다음 손을 조리기판 위에 올렸다. 아직 얼마나 뜨거운지를 느끼기 위해서였다. 망가진 데가 있는지 확인하고자 천천히 체계적으로 전기코일 모두를 쑤셔보았다. 그녀는 조용히 욕을 내뱉었다. 목구멍에 울음이 찬 걸 느꼈다.

이건 완전히 미친짓이었다. 새 전기코일이나 조리기, 또는 연결재료를 사려고 해도 돈을 지불할 수가 없었다. 이 물건들에 대해 높은 값이 매겨졌기 때문이다. 어느 날 이 부품과 20페니히 값도 안 되는 조그만 합성수지 때문에 미쳐버렸다. 한숨지으며 그녀는 두 가닥 전깃줄의 한쪽을 높이 올렸다. 그녀가 고장 난 데를 찾아냈다. 전기코일이 까맣게 되어 있었다. 잘 보이지 않는 곳이었으며 많은 곳이 망가지기 쉬웠다. 조리할 때마다 거의 새로운 곳이 망가졌다. 그녀가 코일의 양쪽 끝을 길게 잡아당겨 두 끝을 싸매서 다시 콘센트에 끼웠다. 코일이 벌겋게 달아올라 다시 물을 올려놓았다.

그들이 우리에게 주는 무의미한 고통이 나를 병들게 한다고 생각했다. 내가 이것들을 만든 녀석 중에 한 명이라도 잡을 수 있다면, 합성수지나 전기코일을 만들고, 머지않아 수많은 남성과 여성을 미치게 만든 죄를 범한 녀석을 잡을 수 있다면 나는 그 사람을 죽이고 싶을 것이다. 물이 다시 끓기 시작했다.

아, 제발 그가 깨어나면 좋겠다. 그의 얼굴은 대단히 행복해 보여서 그녀를 온전히 병들게 했다. 그의 얼굴에서 그녀는 자신의 모습을 찾기 어려웠고, 아무것도 모른 채 긴 소파 옆에 혼자 앉아있는 건 무서운 일이었다. 그가 무엇을 썼는지 몰랐다. 쓴 글이 출판될지 돈이 되어 집으로 들어올지도 몰랐다. 왜 그가 그리도 행복하게 미소 짓는지 모르고, 어디서 돈이 생겨서 또는 꿔서 술에 취하는지도 알지 못했다. 술병이 침대 옆에 넘어져 있었다. 그녀가 술병을 들고 냄새 맡았다. 적포도주라고 생각했다.

물이 끓은 것 같았다. 그녀가 뚜껑을 열어, 물 끓는 증기로부터 얼굴을 돌려 주전자에 물을 부었다. 우선 크게 한 모금 마시고 주전자를 다시 조리기에 올려 놓았다. 그녀는 차를 끓이기 위해서는 물을 무섭도록 오래 끓이고 가능한 한 물이 뜨거워야 한다고 생각했다. 지칠 정도로 끓어야 한다…….

그녀는 술병을 다시 들어 냄새를 한번 더 맡았다. 그리고 조심스럽게 술병을 긴 소파 옆에 놓았다. 그래서 나는 이 무뢰한을 사랑한다고 생각했다. 나는 그를 사랑한다. 그녀는 한숨지으며 책상 위의 조리기판으로 돌아갔다. 주전자 뚜껑을 올렸다. 물이 부글부글 끓었다. 그녀는 주전자에 물을 가득 부었다. 조리기의 플러그를 빼고 주전자를 조리기판 위에 올려놓았다. 조리기판은 아직 따뜻했다.

역자의 말

하인리히 뷜은 작가로서는 작품의 출간 여부를 떠나 쓴 것은 모두 귀중하다고 말했다. 단편소설을 쓰기 전에 네 다섯 편의 장편소설을 썼지만 불에 탔다. 그리하여 유고로 출간된 《천사는 말이 없었다》(안인길 옮김, 대학출판사, 1995년)가 그의 첫 장편소설로 기록된다. 이 소설은 포격으로 파괴된 고향도시에서 위안을 얻는 어느 도망 병의 이야기로 사랑과 범죄를 다루고 있다. 당시 그는 이 소설을 단행본으로 출간할 수 없었다. 그리하여 단편소설로 나눠 신문과 잡지에 게재했다. 그는 작가로서 자리잡고 어느 정도 가족의 생계를 안정시키기 까지는 길고 힘겨운 때를 이겨내야 했다. 그러나 창작력이 왕성하여 중 단편소설 80편을 썼다 그 중 40편이 게

재되었다 당시 그는 이미 뛰어난 작가였다. 출판사정이 열악한 시절 그는 인기 있는 문학조류를 따르지 않고 새로운 것을 썼다. 극도로 나빴던 가까운 과거와 폐허 속에 살았던 암울한 현재를 소설로 썼다. 서독 사람들은 섬세하고 엘리트적이고 형이상학적인 고답적 정신의 문학을 선호했다. 그들은 현실을 문학에서 읽고 싶지 않았던 것이다. 그 후 초기의 전쟁과 귀향의 문학을 알고 인정하게 되었다. 폐허에서 살아남는 사람들의 이야기를 쓴 소설이었다. 《천사는 말이 없었다》 같은 소설은 아무도 그려낼 수 없었다. 하인리히 뵐은 이 시기에 글과 소설로 사회에서 주창하기 시작했다.

"우리가 글로 썼던 사람들은 폐허 속에서 살았다. 그들은 전쟁에서 돌아왔다. 남자 여자 모두가 똑같이 상처를 입었다. 아이들도 마찬가지다. 글을 쓰는 우리는 그들과 아주 가까워져서 그들과 같은 사람이 된 느낌이 든다. 암상인이나 그들의 희생자 또한 전쟁난민과 고향을 잃은 사람들과 같은 사람인 것이다."

하인리히 뵐의 창작문학이 가진 지속성은 작품 전체가 연관되어 있다. 그리고 사회현실에 정통하게 한다. 뵐 문학의 지속성은 도덕에 뿌리박고 힘있게 쓰는 데 있다. 또한 고통받는 사람과 슬픔을 이겨내는 사람 그리고 피해자, 실향민, 적응하지 못해 낙오된 사람들에게 끊임없이 관심과 호감

하인리히 뵐 단편선

을 보이는 데 있다.

1995년 하인리히 뵐 자료실과 유족협회가 발굴하여 정리한 유고소설집 《하얀 개》는 5편의 짧은 소설과 6편의 긴 단편소설을 묶은 신선한 뵐의 초기 문학이다.

대개 1947년, 1949-51년에 쓴 것이다. 그 중 〈불타는 가슴〉만 1936년 12월 18일과 37년 3월 7일이라는 날짜가 원고에 남아 있다.

그는 고등학교를 졸업하기 전 19살에 이 긴 단편소설을 썼다. 이 소설로 그가 제2차 세계대전에서 귀향하여 비로소 글을 쓰고 소설을 쓰기 시작한 작가가 아닌 게 증명되었다.

〈불타는 가슴〉은 과거를 돌아보는 회상이 아니다. 직접 당시에 눈을 맞춘 소설이다. 일반적인 뜻의 사실주의 소설이 아니다. 그러나 어느 정도 낭만주의와 이상주의적 상징이 보이지만 놀랍도록 많은 사실을 담고 있다. 갑자기 닥쳐오는 감정과 소망의 사실을 상상하게 한다. 이런 사실을 파악하기 위해 19세기 작가들을 탐독했다. 특히 도스토옙스키와 블로아에게서 방향을 찾았다. 이 소설에서 젊은 그는 모범으로 삼고 있던 작가들의 관점을 따라 자신의 시각을 세우고 그들을 통해 상상력을 풍부하게 하고 확장하여 자신의 문학을 특징지었다.

하인리히 뵐은 이 소설에서 절대적인 신앙과 더불어 절대적인 사랑은 도그마를 벗어난다는 이미지를 준다. 사랑의 자유와 신앙의 자유를 말한다. 그러나 그가 보기에는 신앙도 교회의 조직으로 부서진다. 불가지론자나 유물론자가 진정한 신앙을 가질 수 있고 창녀가 진정한 사랑을 할 수 있다. 진정한 사랑이 사랑의 결과가 되는 곳에서는 사랑하는 사람들이 모든 권리를 행사한다. 교회가 축복하는 혼례성사가 필요하지만 사랑하는 사람들은 스스로 혼례를 치른다. 가난한 사람과 가난을 높이 평가하는 젊은 가톨릭 교도인 뵐은 교회가 부르주아와 맺은 계약을 비난했다. 그로서는 불행한 일이라고 생각했다. 그리스도교는 그렇게 보일 뿐인 것으로 실제로는 물질적인 이익을 위해 기존의 관례를 따른다고 비난했다. 절대적인 것을 글로 쓰면서 스스로를 확인하려고 했다. 그를 에워싼 언제나 이익만 추구하는 삐뚤어진 현실에 눈을 감지 않았다. 가난한 사람과 가난에는 없는 삐뚤어진 현실이 아니라 부유한 시민들의 더러운 것을 보았던 것이다.

소설 속의 그 날 젊은 사람들의 모임은 활기 넘쳤다. 각기 이야기하는 인생사에서 많은 고민과 빠져나갈 수 없는 절망을 알게 된다. 그러나 그들은 그 날 모두 희망에 차고 행복하다. 그들은 바른 길에 서 있다는 것을 알고 있었다. 그것은 충분한 사랑과 확고한 신앙과 관계가 있다.

원고에 1947년 2월 10일과 11일에 쓴 이 책의 표제단 편소설 〈하얀 개〉는 온전히 절망에 대한 이야기다. 이야기 과정에서 회상을 암시하기도 한다. 등장인물은 의사와 사제 그리고 죽은 사람이다. 살해되었고 살인자였다. 배후에는 무심하고 감정이 없는 경찰초소의 경찰관들이 있다. 화자는 의사다. 피곤하고 지친 의사는 사람들이 서로에게 행한 몸서리나는 일들을 오랫동안 많이 알고 있다. 정신을 잃을 정도로 희망을 잃은 사제가 희생자의 죽음을 확인한 의사에게 죽은 사람의 이야기를 한다. 그의 인생과 잃어버린 영혼을 순수하게 아파한다. 이것은 머리가 아주 뛰어난 흙수저 출신 청소년의 이야기다. 교회의 교단이 그를 기숙사가 있는 고등학교를 졸업시킨다. 그의 이름은 테오도르 헤롤드다. 그는 자신의 재능을 알고 이를 가차없이 이용한다. 인정없이 계산하고 남을 업신여기고 자신의 장점을 알고 고등학교를 졸업하자 곧 독지가들과 관계를 끊는다. 부잣집 친구 베커는 신학대학을 다녔는데 그에게 조건 없이 계속 돈을 주었다. 그의 도움으로 대학공부를 했다. 그는 당원이 되었다. 그리고 승진했다. 그러나 군인이 되어야 했다. 군에서 좌절하게 되었다. 군대에서 그의 뛰어난 머리는 소용없었다. 장교들의 바보 같은 편견은 그를 승진시키지 않았다. 전쟁이 시작하자 그는 살인동맹에 가입했다. 반드시 경력을 쌓아야 한다는 생각이었다.

전쟁이 지게 되자 금세 고향으로 돌아갔다. 그리고 고향도시를 불안하게 하는 절도와 살인동맹을 이끌었다. 그는 많은 사람을 죽인 죄를 지었다. 결국 이 동맹이 그를 죽였다. 복잡하게 얽혀있는 소설이다. 그는 구원받을 데가 없었다. 소설의 여러 가지 관계 중 하나를 예로 들겠다. 건방진 학살자 헤롤드는 포기해야 할 원칙을 죽을 때까지 고수했다. 그는 순결을 지켰다. 일생 동안 거의 사제처럼 독신의 동정을 지켰다. 결국 그를 사랑한 여자가 그의 죽음을 마련했다. 테오도르 헤롤드는 자신을 한없이 돕던 유일한 친구 베커만 사랑했다. 그의 기둥이었다. 그에게 부당했던 일들을 모두 털어 놓으려고 했다. 그러나 이 친구에게서 사제의 일상적인 무관심을 접하게 되었다. 갖가지 엄청난 일들을 오랫동안 알고 있는 친구인 사제는 무관심하고 무딘 감정을 비쳤다. 이야기를 한 사제는 이 죽은 사람의 모습에서 희망이 없고 온전히 빗나간 사랑을 접하게 되었다. 구원과 새로운 것 그리고 자비가 차단된 것을 알게 되었다. 이것들은 치유할 수 없고 혼란스럽다. 의사가 말한다. "사제의 이야기 뒤에는 우리 세계 전체가 위로가 없는 폐허로서 나를 매장하는 것 같다."

단편소설 〈도망자〉는 1946년 11월 2-3일에 정서한 유고다. 소설에서 정치범 수용소를 탈출한 요세프가 죽기 전 하룻밤 사이에 추적당하는 생사의 갈림길에서 의식과 무의식 사이로 오가며 흐르는 생각을 그린 소설이다. "그의 몸은 온전히 땅과 같았다. 땅이 피를 흘렸다고 믿을 뻔했다."

단편소설 〈파리의 포로〉는 1946년 12월 25일에 쓴 것으로 날짜가 적혀 있다.

군대를 이탈한 독일 군인이 프랑스 군인의 집에 숨는 다. 그 집 부인과의 사랑의 이야기다. 여자가 마지막에 그에게 말한다. "슬퍼하지 말아요. 우리를 사랑하는 세 사람, 신과 당신의 아내 그리고 내 남편은 우리를 용서할 거예요."

짧은 소설 〈랑데부〉는 1948년 8월 11일 초고가 완성되었다.

화자인 '나'가 잠깐 노인으로 바뀌는 이상효과가 보인다.

짧은 소설 〈에자우가 사람들〉은 1948년 11월 22일 초고가 완성되었다.

시인과 함께 사는 여자의 애환을 그렸다.

단편소설 〈베르코보 다리 이야기〉는 1948년에 쓴 소설로 추정된다.

베르코보 다리는 폭이 대략 80미터인 베레지나 강에 놓인 다리다. 소련군이 후퇴할 때 파괴한 다리를 내가 14일

기한으로 재건할 명령을 받았다. 14일 후 다리가 완공된 순간 상부에서 명령받고 파견된 공병 소위가 다리를 폭파한다. 소련 탱크에 쫓기던 독일군 앞에서 다리를 없앤다. 국가를 위해서 개인을 희생시키는 잔인한 하루 이야기다. "그들의 눈에서 의무만 지키고 다른 건 하나도 안 한 우리에 대한 증오를 보았다."

짧은 소설 〈죽은 사람은 복종하지 않는다〉는 1949년 1월 5일에 썼다고 기록되어 있다.

전투가 끝난 후의 한 장면으로 군인 모두가 죽는다.

단편소설 〈실락원〉은 1949년 5월 1일, 2일, 4일에 쓴 것으로 기록되어 있다.

장편소설의 1부다. 2부를 5월 25일에 썼다. 그러나 2부는 《천사는 말이 없었다》에 삽입되었다. 이 장편소설에서 개작한 단편소설 〈사랑의 밤〉과 〈추녀 물받이〉는 당시 게재되었다.

짧은 소설 〈아메리카〉는 1950년에 쓴 것으로 기록되어 있다.

미국인들의 놀라운 능력을 칭찬한다. 특히 미국 담배에 대해서.

짧은 소설 〈독일 기적의 일화〉는 1950년과 1951년에 쓴 것으로 기록 되어있다.

독일 경제기적에 대한 희화다.

이 유고소설집은 하인리히 뵐의 문학을 보충하고 확장하는데 중요하다. 그리고 이와는 관계가 없이 단지 뛰어난 소설로 읽어도 가치가 있다고 문학평론가 하인리히 포름베그가 추천했다.

하인리히 뵐의 인생과 작품들

1917년-1945년

하인리히 뵐은 제1차 세계대전 중 전쟁이 최악의 상태로 치달았던 1917년 12월 21일 쾰른에서 목수이자 목공예가인 아버지 빅톨과 어머니 마리아 사이의 6번째 아이로 태어났다. 아버지 쪽 조상은 수세기 전 종교적인 이유로 영국에서 이민해 온 배 만드는 목수였다. 어머니 쪽 조상은 농부였고 술을 빚던 사람들이었다.

"내 최초의 기억은 힌덴부르크의 귀향하는 군인들이다. 잿빛 제복을 입은 그들은 귀향의 기쁨도 잃은 채 질서정연하게 말과 대포를 끌고 집 옆 도로를 지나갔다. 나는 어머니 품

하인리히 뵐 단편선

에 안겨 창 너머로 내려다보았다. 끝없는 잿빛 행렬이 라인 강을 건너갔다. 그 다음은 아버지의 작업장 내음이다. 아교와 니스 그리고 채색제의 냄새가 기억난다. 갓 대패질한 나무판도 보았다."

〈나의 이야기〉에서 1958년

1933년 1월 30일 히틀러가 제국수상이 되었다. 뷜 가에서는 정치적 사건에 대해서 말을 많이 했다. 어머니는 히틀러의 수상선출을 두고 "이건 전쟁을 뜻한다"고 말했다. 그의 집에서 가톨릭 소년단원들이 집회를 열었다. 그의 유고 소설과 시에서 그가 1936년에 글을 쓰기 시작한 게 증명되었다.

"나는 1937년과 1938년에 글을 쓰기 시작했다. 처음 소설의 소재는 친근했던 쇠퇴 일로를 걷는 소시민 사회환경에서 얻었다. 이를 보호하기 위해 묘사한 것이 아이러니와 히스테리 그리고 예술가의 자세였다. 아버지는 조각과 목수 작업을 위한 임대작업장을 가지고 있었다. 19세기의 전형적인 작업장으로 길가 건물의 뒤쪽에 있었다. 마메라두프와 라스코니코프가 거주했을 법한 어둡고 황량한 곳이었다. 처음 글을 쓰기 시작할 때 도스토엡스키의 영향을 받은 것은 분명하다."

〈우리와 도스토엡스키〉에서 1972년

1937년 고등학교졸업 국가시험에 합격하고 본에서 출판전
문직교육을 받았다. 반년 동안 국가제정 노동임무
를 마쳤다.

1937년 여름 쾰른대학교에 등록했다. 그 해 군에 징집되었
다. 2차 세계대전에 참가하여 프랑스, 폴란드, 소련,
루마니아, 항거리, 독일전선에 투입되었다. 그는 거
의 매일 가족들과 1942년에 결혼한 안네마리 케히
에게 편지를 썼다. 전쟁 동안 장교가 되지 않으려
했고 근무를 피하려고 했다. 처음에는 대학공부를
위한 복무면제 신청을 냈으나 그 후에는 꾀병이나
가짜 휴가증을 만들었다. 네 번 부상을 입었다. 그
리고 라인란드에서 종전을 맞았다.

"나는 당시 쾰른과 가까운 이 곳에서 도망병으로서
3-4개월 동안 가짜 증명서를 가지고 아내의 집에 숨어있었
다. 흠이 없는 증명서였다. 살아 남아야겠다는 의식에서 군
대로 복귀했다. 그것이 살아남는 안전한 길이었다. 당시 도
망병은 군사재판에서 사형언도를 받았다. 14일 후 나는 프
랑스에서 포로수용소에 들어가게 되었다. 반년 후 독일로 돌
아올 수 있었다. 1945년 말이었다. 당시 아내는 시골로 피난
가서 베르기쉬 지역에 살고 있었다."

〈3월의 3일 동안〉에서 1975년

1945년-1980년

쾰른으로 돌아온 가족들은 반파된 집에서 살림을 꾸렸다. 그는 쾰른 대학교에 다시 등록했다. 생활필수품 배급통장을 받기 위해서였다. 아내는 중학교 교사였다. 그 때까지 출간되지 않았던 장편소설 《사랑이 없는 십자가》와 《천사는 말이 없었다》 그리고 수많은 단편소설을 썼다. 이 작품들은 모두 나치시대와 전쟁, 종전 직후를 배경으로 삼고 있다. 전쟁, 귀향, 폐허문학이다.

"이 명칭이 옳다. 6년의 전쟁이 끝났다. 우리는 전쟁에서 집으로 돌아왔다. 폐허를 보고 그것을 썼다. 우리가 비난하는 거의 병든 목소리가 이상하다고 의심받게 되었다. 전쟁이 있었고 모든 것이 폐허에 묻혔는데 책임을 지려고 하지 않았다. 우리가 보았던 걸 나쁘게 생각하는 것 같았다. 우리는 안대를 매지 않고 보았다. 좋은 눈은 작가의 연장중의 하나다."

〈폐허문학 고백〉에서 1952년

1948년 아들 르네(화가이며 라무브 출판사 설립) 출생.
1949년 미델하우베 출판사가 그의 소설 《죽음의 열차》(안인길 옮김, 정음사, 1988년)를 출간했다. 가족의 경제

사정은 초긴장 상태였다. "가끔 작가를 포기할까 생각도 하지만 문학이 근본적으로 아내와 가족에게 불행한 시간일 수 없다"고 어느 편집자에게 밝혔다.

1950년 아들 빈센트(건축미술가) 출생. 미델하우베가 단편소설집 《방랑자여! 슈파로 가려는가》를 출간했다.

1951년 단편소설 〈검은 양들〉로 47년 그룹 문학상을 수상했다.

1953년 장편소설 《그리고 아무 말도 하지 않았다》가 출간되어 처음으로 재정적인 성공도 거두게 되었다. 문학비평가상과 독일산업체연맹의 문화명예상을 수상했다. 남 독일 방송의 소설가상도 받았다. 다름슈타트 소재 독일어 및 문학 아카데미 회원으로 피선되었다.

1957년 그의 베스트셀러 소설집 《아일랜드 일기》(안인길 옮김, 미래의창, 2014년) 출간. 그는 아일랜드를 여행했고 아일랜드와 독일을 비교했다. 아일랜드 사람들의 활력과 가난을 서독 사람들의 복지생활보다 더 높이 평가했다. 1991년 100만 부 판매기록을 세워 '황금 책 상'을 수상했다.

1959년 장편소설 〈아홉 시 반의 당구〉가 출간되었다. 그는

이 소설에서 독일연방공화국의 현재를 과거 50년
의 독일역사가 계속된 것으로 그리려고 했다. 또한
순진한 사람을 새끼 양으로, 정치를 결정하는 방약
무인을 물소로 상징했다.

1963년 장편소설 《어는 어릿광대의 고백》(안인길 옮김, 문덕
사, 1990년)이 출간되었다. 가톨릭 측에서 특히 비판
을 받았다. 그는 여기서 기독교를 기초로 한 기존
사회와 정치제도를 반대하는 의도를 보인다. 어릿
광대 한스 수니어는 미로 같은 사회에서 길을 잃고
공식적인 기독교를 거부한다.

1964년 뵐의 문학목표에 맞춘 중편소설 《나는 군대가 싫었
다》(안인길 옮김, 청계, 1993년)는 그의 반전과 반 군
대 이념을 대표하는 작품이다. 그 해 프랑크푸르트
대학교에서 창작이론 강의를 네 번했다. 《프랑크푸
르트 대학교 문예창작이론강의》(안인길 옮김, 미래의
창, 2001년)

1970년 희곡 〈문둥병〉이 아헨에서 초연되었다. 독일 펜 클
럽 회장에 피선되었다.

1971년 가을 더블린 회의에서 국제 펜 클럽 회장에 선출되
었다. 장편소설 《여인과 군상》(안인길 옮김, 삼성출판
사, 1978년)이 출간되었다. 이 소설을 중심으로 한

그의 인간주의 문학이 높이 평가되어 1972년에 노벨 문학상을 받았다. 그는 이 소설의 테마인 사랑에 대해서 말했다. "……나는 다른 작품들과 마찬가지로 이번에도 사랑의 소설을 쓰려고 했다. 나는 남자와 여자 또는 여자와 남자 사이의 사랑을 되도록 어렵고 힘겨운 입장에 들게 만든다. 그것은 정치와 사회 또는 전쟁의 외형적인 영향 때문에 생긴 어려운 상황이다. 이런 경우가 더욱 긴장감을 주고 진솔하여 현실감도 더 짙다고 생각한다. 그리하여 나는 나치의 이념에 따른 제2의 하층계급 인간인 소련포로를 골랐다. 제1 하층계급은 유대인이다. 그러나 내가 불안했던 것은 다시 기계적으로 반복될까 하는 우려였다. 이미 두세 번 이런 걸 문학으로 만들었기 때문이다. 하층민인 소련포로를 여주인공 레니의 애인으로 택했다." 그의 미학을 함축한 말이다.

1972년 시 모음집이 발간되었다. 소련 여행을 했다. 노벨 문학상을 수상했다.

1974년 중편소설 《카타리나의 신문기자 살인》(안인길 옮김, 청계 발행, 1993년)은 여자가 이른바 테러리스트인 독일군 탈영병을 감춰준 것 때문에 신문의 헤드라

인에 실린다. 여자가 기자를 총 쏴 죽인다. 미국 예
술 문학 아카데미 회원이 되었다

1975년 베를린 예술 아카데미 회원이 되었다. 아들 르네가
쾰른에 라무브 출판사 설립했다.

1979년 안보의 여러가지 견해를 테마로 다룬 장편소설《걱
정스러운 집》이 출간되었다. 12월 에쿠아도르 여
행을 했다. 오른 쪽 다리 혈관에 이상이 생겨 독일
로 돌아와 오른쪽 발 부분을 절단했다.

1981년-1985년

하인리히 뵐은 병으로 몸을 자유롭게 움직일 수 없었다. 정
치적으로 평화운동을 적극 지지했다. 군비감축과 이성적인
환경보호정책을 펼친 녹색당원들을 지지했다.

1981년 자전적 중편소설《소년은 과연 무슨 사람이 될까?》
를 라무브 출판사가 출간했다. 평화와 무기감축을
위한 크레펠드 호소와 유럽작가들의 중성자탄과
무기증강을 반대하는 호소를 지원했다. 10월 10일
본에서 30만 명이 행한 데모에서 평화를 위한 강연

을 했다.

1982년 초기의 미발표 중편소설 《유언》(안인길 옮김, 정음사 발행, 1988년)을 라무브 출판사가 간행했다. 죽은 사람의 유언을 전하는 것을 문학으로 여긴 작품이다. 쾰른 시 의회는 뵐에게 명예시민권을 수여했다. 노르드라인 베스트팔렌 주는 뵐을 교수로 임명했다.

1983년 선거에서 녹색당을 지지했다. 9월 미군부대 병영 차단에 참여했다. 1945년-1951년 미발표 단편소설집 《상처입은 사람들》(안인길 옮김, 문덕사 발행, 1992년)을 라무브 출판사가 발간했다.

1985년 독일군 항복 40주년을 맞아 《내 아들들에게 주는 편지》를 라무브 출판사에서 출간했다. 전쟁 말 경험을 쓴 텍스트다. 그리고 대화와 독백으로 쓴 장편소설 《라인강의 여자들》을 탈고했다. 7월 15일 다음 수술을 위해 병원에서 퇴원했다. 7월 16일 아침 아이펠 지역의 랑엔브루르크 아틀리에서 타계했다 독일 대통령 바이체커는 미망인 안네마리 여사에게 조문을 보냈다. "하인리히 뵐의 죽음과 더불어 독일문학의 거인이 사라졌다. 그는 편치 못한 건강 상태에서 투쟁을 벌였고 독자를 자극하여 주의를 환기시켰다. 언제나 경고의 뜻을 담고 있던 목소

리와 용기 있게 저항하던 활기찬 음성이 그리울 것
이다.”

1985년 7월 19일 많은 사람들의 애도 속에 쾰른 근교 보른
하임 메르텐에 안장되었다.

하인리히 뵐은 박해가 있는 곳이면 언제나 나타나 약한 사람
을 도왔다. 솔제니친과 레브 코프레프를 소련에서 구출해 내
는데도 성공했다. 그리하여 인권문제와 관련하여 어려운 고
비에 들게 되면 언제나 사람들은 “이제 뵐에게 가보자”는 말
로 뵐을 마치 신과 같은 구원의 상징으로 여겼다. 이런 일들
이 그의 죽음을 재촉했는지 모르겠다. 폭력과 세계의 기계화
를 인간성 상실로 보는 뵐은 절름거리며 병적 현상을 비판하
는 행동에 앞장섰다.

　　그는 독일이 지은 죄를 밝혀서 이의 재발을 방지하는
도덕적인 작가였다. 독일의 경제부흥 이면에 숨은 병든 사회
의 현실을 그리는 것은 생명력 있는 사회를 그리는 것 보다
독일을 더 분명하게 나타냈다. 그는 믿음과 사랑 그리고 정
직을 그리는 데 있어서 사상이나 종교를 근거로 하지 않고
동시대 인간의 문제를 뿌리로 삼고 묘사했다. 이런 점에서도
뵐을 인간주의 작가라고 한다. 뵐이 그리는 인물들은 영웅이
아닐 뿐만 아니라 내면으로는 전쟁과 무관한 사람들이다. 그

의 인간주의 문학은 목표를 세운 미래의 설계가 아니라 문학의 현실을 그린 것이다. 타락한 인간을 품위 있게 묘사했다. 폭격으로 가산과 생활의 터전을 잃은 사람들의 참상을 그리며 미래를 위해 미뤄 놓을 수 없는 한 시대를 문학으로 파악하는 것이 그가 처음부터 계속한 작업이었다. 그의 인간주의 문학에는 거주, 이웃, 고향, 돈, 사랑, 종교, 식사 등의 일상성이 중요하다.

그는 살만한 나라에서 살만한 언어를 찾는 게 문학의 사명이라고 했다. 언어가 위협받는 곳에서는 자유가 위협받는다. 언어는 자유의 마지막 보루다. 그리고 번역문학을 장려했다. 번역을 통해 자기나라 말을 다지게 되므로 작가들에게 번역하라고 권장했다. 그는 부인 안네마리와 함께 영어 문학을 많이 번역했다. 뵐은 문학에서 전문가를 전제로 하는 걸 반대했다. 이것이 그가 말하는 민주주의 문학이다. 그는 문학형식 중에서 짧은 산문을 가장 좋아한다고 말했다. "짧은 소설은 단어의 뜻으로는 현재다. 집약적이고 팽팽하다. 조금도 부주의하면 안 된다. 가장 매력적인 산문형식이다. 어떤 틀에도 거의 매이지 않는다. 그리고 내가 쓰는 게 시대 문제인데 짧은 소설의 기본요소가 시간이다. 영원, 순간, 세기 등이다."

1995년 이 책이 출판되었을 때 마침 나는 안네마리 뵐을 병문안 했다. 그 때 르네 뷜이 이 책을 내게 기증했다. 이 책을 번역의 텍스트로 사용했다. 독일어 단어 하나도 빼지 않고 좋은 우리말이 되도록 힘을 쏟았다. 2016년부터 월간 문학지와 한국문학인에 이 책의 여러 편을 번역 게재했다. 한국문인협회 회원 독자들의 반응이 좋았다.

이 책의 발간에 도움을 준 미래의창 출판사 관계자들께 감사드린다.

2023년 8월 11일
안 인 길

하인리히 뵐 단편선
하얀 개

초판 1쇄 발행 2023년 9월 5일

지은이 하인리히 뵐
옮긴이 안인길
펴낸이 성의현
펴낸곳 미래의창

등록 제10-1962호(2000년 5월 3일)
주소 서울시 마포구 잔다리로 62-1 미래의창빌딩(서교동 376-15)
전화 02-338-5175 **팩스** 02-338-5140
홈페이지 www.miraebook.co.kr
ISBN 978-89-5989-716-2 03850

※ 책값은 뒤표지에 있습니다.